chang chang de hua,
man man shuo

长长的话,慢慢说

阎纲 著

大时代下的世情人性
给喧嚣都市里渴求温暖的你

重庆出版集团 重庆出版社

图书在版编目（CIP）数据

长长的话，慢慢说 / 阎纲著．— 重庆：重庆出版社，2020.12
ISBN 978-7-229-15172-0

Ⅰ.①长… Ⅱ.①阎… Ⅲ.①随笔—作品集—中国—当代 Ⅳ.① I267.1

中国版本图书馆 CIP 数据核字 (2020) 第 156849 号

长长的话，慢慢说
CHANGCHANGDEHUA, MANMANSHUO
阎纲 著

责任编辑：陶志宏　张　蕊
策　　划：白　翎　玉　儿
责任校对：朱彦谚
装帧设计：璞茜设计

重庆出版集团
重庆出版社　出版
重庆市南岸区南滨路 162 号 1 幢　邮政编码：400061　http://www.cqph.com
小渔工作室制版
天津行知印刷有限公司印刷
重庆出版集团图书发行有限公司发行
E-MAIL:fxchu@cqph.com　邮购电话：023-61520646

全国新华书店经销

开本：880mm×1230mm　1/32　印张：8.5　字数：210 千
2020 年 12 月第 1 版　2020 年 12 月第 1 次印刷
ISBN 978-7-229-15172-0
定价：42.00 元

如有印装质量问题，请向本集团图书发行有限公司调换：023-61520678

版权所有　侵权必究

自 序

父母离世，我陷入巨大的悲痛和刻骨的反省之中，散文叩门，我写了《我的母亲阎张氏》和《体验父亲》。女儿与死神坦然周旋，痛苦而镇定，我想她，散文又来叩门，我写了《我吻女儿的前额》和《三十八朵荷花》。为了忘却心仪的英魂，历时三年，出版《文网·世情·人心》，掉了几斤肉。为了悼念也为了忘却更为了感恩，撰写《美丽的夭亡》，断断续续七八年，已经皮包骨了。

从此偏爱散文。

散文总关情，喜怒忧思悲恐惊，或叙事或抒情或雄辩或休闲，记衰，记盛，记疑或记趣，旨在这一生命感动另一生命。

牛汉说，散文是"诗的散步"，我的散文含诗量不高，但是我在场，刻骨铭心，"扫除腻粉呈风骨，褪却红衣学淡妆"。

中国现代文学馆铭刻着巴金的话："我们的文学是传播火种的文学，我们从它得到温暖，也把火种传给别人。"

人之将亡，其言也善，当谣言谎言弥漫、文学虚构跌价之日，真情散文极摹人情世故，备写悲欢离合取信于民。兹将笔下18万言对话我崇敬的灵魂，称颂身处其中又锻又炼的伟大时代。

2020年3月于家乡礼泉

目录

长长的人，慢慢聊

1　自序
2　老舍笑谈「文风」
7　殷忧启圣梦即真——冰心的梦
10　我的邻居吴冠中
15　张贤亮笔下的「伤痕」
18　独留冷寂柳青墓
20　神仙哟挡不住人想人！——怀念路遥
29　同陈忠实对话《白鹿原》
34　贾平凹再研究
36　《改革小说选》与蒋子龙
40　《莫言之言》民间出书我挺！

长长的念，慢慢想

46　爷爷在新文化面前败下阵来
58　父亲喜唱《卿云歌》
66　孤魂无主——老家的孔乙己
74　我的族弟是奇葩
83　亲人　老师　恩人
91　我吻女儿的前额
99　教师的母爱
103　天才、蠢材之间
107　孺子，孺子
111　张寒晖教我唱《松花江上》
116　最后的金铮

122　我的朋友宋遂良

133　陈冰夷照相的喜剧

138　王海：『五陵乡土』作家

146　谁是我的『贵人』？——治癌军医黄传贵的故事

160　将军一声吼

长长的路，慢慢走

166　儿时的夜总会
170　礼泉烙面赋
176　梦断芳媚园
182　韩愈墓旁的酸枣树
186　那年洛阳看牡丹
190　到吴桥看杂技
193　雨中峨眉
196　题仙游寺
198　天生一个「仙女湖」
202　夜宿岳家寨

长长的话,慢慢说

206 本命年的感悟
209 胖好,还是瘦好?
213 烟趣
217 子恺遗墨 美在至简
222 总有那么一天
226 『体胖』与《宽心谣》
232 作家的包装
236 我的文化承诺(另二则)
239 淡淡的浓浓的——侯雁北的散文艺术

249 人要变狼了！——有感于吕昉的《一只叫尼玛的狼》

252 她和史铁生是温暖的朋友——《从炼狱到天堂》序

256 他叫白孝平——序小小说集《老四家的羊》

258 灵光一闪，我住进这座养老院

长长的人，
慢慢聊

老舍笑谈"文风"

文艺报社召开"文风问题"座谈会,请名师与会。拜望老舍,是我终生的幸事。

中国作家协会的对面是灯市西口,再往里是丰富胡同19号。老舍的家离文联大楼很近,安步当车,来来往往,开会或看演出,我常遇见。在礼堂看演出,他靠在舞台对面的后墙上,双手固定在拐棍上,聚精会神,面带微笑。问他对我们秦腔的印象。"是鲁迅题写的'古调独弹'吗?"说他喜欢。老舍随和,微笑永远挂在脸上,是个能让你亲近的小老头。

进得家门,满院子盛开的花儿,像迎上来包围客人似的。客厅依然是花的世界。老舍便谈起花儿来,说报纸的副刊就是一束花,是正席之前的拼盘,正餐上来之前先上拼盘,一菜一个样儿,边吃边喝边聊,引人入胜。副刊以杂文为主,杂文也是花儿,五颜六色。(言下之意,神态各异的文学艺术何尝不是如此?此刻我想起,难怪老舍正面墙上悬挂着他自己诗句作的对联:"一代文章千古事,余年心愿半庭花。")

《茶馆》彩排,聚讼纷纭,包括领导人之间,褒贬相去甚远,也有主张禁演的,理由是《茶馆》为封建社会唱挽歌,遗老遗少满台飞,没有什么进步意义。我们文艺报社的同仁们可喜欢《茶馆》了,张光年说:"《茶馆》,好剧本啊!单看《茶馆》语言文风,就很绝,声声入耳,全身舒坦,什么'大英帝国的香烟,日本的白面,两大强国伺候我一个人,福气不小吧','我爱咱们的国呀,可是谁爱我呢','看多么邪门,好容易有了花生米可全嚼不动'。"难怪李健吾说:"老舍真厉害,用最简练的语言,最简练的动作!"陈白尘说:"全剧3万字,写了50年,70多个人物,精练的程度真是惊人!"

老舍耐心地听着,冲着我微笑。

提到"文风",他兴奋起来,滔滔不绝。

他问还有谁参加,我介绍一位他点一下头,当听到侯宝林也在邀请之列时,他笑了,连说"好!好!好!"接着说侯宝林的相声主张说话简练,不啰唆,"说话啰唆,这是个最大的问题。侯宝林的《北京话》,说的就是文风,称赞普通话干脆、流利,是这个味儿……"说着说着,学将起来:

"三轮!"

"去哪?"

"东单!"

"五毛!"

"三毛!"

"四毛,多了不要!"

"站住,拉了!"

又举侯宝林相声的例子说,河南话更简练、更干脆:

"谁?"

"我!"

"嘛?"

"尿!"

老舍只在脸上绽开花朵,我却笑得不亦乐乎。

侯宝林,家住北海后门东官房一带,我登门求见。提起文风,侯宝林饶有兴趣,每举一例,我笑一阵,有时失相,前仰后合,他正襟危坐。

开会讨论文风,作家没有不热烈拥护的,都说文风早应该好好改造一番了。

张光年首先发言:"很惭愧。我们写文章,政治性不足,我们是搞文学的,文也不足,平淡无味,不足以引起读者注目。我们拿起笔来打敌人的时候,往往用语太直,用字太硬,形容词太凶,离开'恶毒的诽谤'、'猖狂的进攻'之类的词句,似乎没有别的话可说了。字面上尖锐,实际上没有力量。这说明我们的头脑僵得很,我们还没有从教条主义、党八股的束缚中完全解放出来。因此，需要整风。"

老舍说："要为人民服务，就得说人民的话，写出来人民看得懂，爱看。"臧克家说："毛主席写文章、说话都不落常套。'世界是你们的，也是我们的，但是归根结底是你们的。'这些话情意俱到，多么富有文学意味！"赵树理说群众把"自由之神在纵情歌唱"唱成"自由之神在宗清阁上"。侯宝林这样讽刺早期电影里的国语对白（学侯的腔调）："天哪，你让我怎么办哪！""好啰，好啰，我已经知道你的心里，可是我并没有答应你的要求！"（众大笑）老舍说："在苏联告别宴会上，一定让我讲话，我说我是家里最落后的人，拿俄语来说，孩子们全会，就我不会，他们笑我，我只好说我是北京市中苏友好协会的副会长，这下子才恢复了父亲的尊严，上台拥抱我。如果我上去说'为什么什么而斗争'，人家不能不鼓掌，但多少有点'鼓'不由衷吧！"（众大笑，长时间的活跃）吴组缃编了几句念给大家："四大皆空，一窍不通。装模作样，言不由衷。词句别扭，章法雷同。废话连篇，术语无穷。千山万水，雾闭云封。"朱光潜的发言专门批评"洋八股"。

从毛泽东强调整顿文风、发表《反对党八股》到67年后的2009年，第八期的《半月谈》发表记者的长稿，称："时下，一个不容回避的问题是，在一些地方官场上，假话、大话、空话、套话颇多，文牍主义、形式主义、官僚主义盛行，群众称其为新'八股'。"

记者笔下留情，特别注明只是"在一些地方官场上"。

其后，人民网发表言论说："目前，一些领导干部，很爱讲话，他们不仅爱讲话，有的还要求讲话在报纸、媒体上全文刊登。他们不是把讲话当成一种责任，而是当成权力和身份的象征。他们逢会必到，逢会必讲。有的东拉西扯，有的鹦鹉学舌，有的满口陈芝麻烂谷子，有的讲的是空话、套话，有的讲话是'换汤不换药'。"

记者笔下仍然留情，特别注明只是"一些领导干部"。

从毛泽东强调整顿文风、发表《反对党八股》到68年后的2010年，习近平专门著文《努力克服不良文风　积极倡导优良文风》，强调文风不正，严重影响真抓实干。不良文风蔓延开来，损害党的威信，导致干部脱离群众，使党的理论和路线方针政策在群众中失去感召力、亲和力。

再到70年后党的十八大刚刚闭幕，习近平郑重提出"空谈误国，实干兴邦"，锋芒直指新的"党八股"。

一轮又一轮的"党八股"来了！"党八股"、"洋八股"和新的"党八股"来了！为什么屡禁不止？

当然，不仅仅是文风问题。文风服务学风，政风管着学风，根子都在党风，实践检验着党风、政风和学风。

反对"党八股"以整顿党风！

整顿党风以反对"党八股"！

殷忧启圣梦即真——冰心的梦

冰心说她最喜欢散文，很爱读散文也很爱写散文。

冰心早期的散文温、良、恭、俭、让，爱心可鉴；冰心晚年的散文酸、甜、苦、辣、咸，怨而不怒。我尤其爱读冰心老辣的散文新作。发表于1991年的《我的家在哪里？》文辞隽永，情意悠长，负重若轻，实在太美了。

它写梦，写梦的无意识的向往和眷恋。她冬梦里喊着"我要回家，回中剪子巷"，但是转悠了大半个北京"我"也没有回到中剪子巷。醒来时，她"在枕上不禁回溯起90年来所走过的甜、酸、苦、辣的生命道路……眼泪涌了出来"。

"我这人真是一无所有！从我身上是无'权'可'夺'，无'官'可'罢'，无'级'可'降'，无'款'可'罚'，地道的无顾无虑，无牵无挂，抽身便走的人。万万没有想到我还有一个我自己不知道的，牵不断，割不断的朝思暮想的家。"九十年一无所有，但是，有"家"可"梦"，"只有住着我的父母和弟弟们的中剪子巷才是我灵魂深处永久的家"。

漫不经心的一个梦就打翻五味瓶子，打开将近一个世纪的绵长的视野，亦情亦景，亦隐亦现，亦甜亦辣，亦真亦梦，由真入梦，真即是梦，梦即是真，既不懊悔当年沉湎于精神家园的泛爱的梦，又不悻于艰苦与共的人生和苦恋苦爱的非梦。既然梦是自然而生的向往和眷恋，那么，梦不但真实而且美好。一无所有就是一无所有，可是，还有梦在！

一次，知她者问她：

"冰心同志，你忙什么？"

她说："坐以待币（指稿费）。"

"你何以九十高龄依旧'一片冰心在玉壶'？"

她说："以我之身，无官可罢，无权可夺，无级可降，无款可罚，无旧可毁，何往而不适呢！"

"你的散文为什么越写越'反动'？"

她脱口而出："姜是老的辣嘛！"

我不能不跟着作者回首往事——她所亲历的几个朝代，那能怒能怨、能怨能怒，能恨能爱、能爱能恨的梦幻般的九十年。

我不能不联想1987年她为人民教师请命的《我请求》和1988年读《国殇》后为知识分子请命的随记。她愤怒地写道："我伤心而又担心。担心的是看到这篇文章以后能有权力处理的人，不会有时间来看它，看到它之后又'忙'得未必伤心！""说一千，道一万，抢救知识分子的工作，还得知识分子自己来做，'殷忧启圣，难兴邦'，呜呼，请求，是没有多大用处的，我有这个经验。"

针砭时事别人用杂文,所谓"杂文笔法",冰心用散文,可称作"散文笔法",而且是最严格意义上的"散文"笔法,是真正从心灵深处涌出的热流。在散文界,冰心是爱的化身,爱神动怒了,艺术的魅力和精神的锋芒形成合力所向披靡。她痛极而言之:"'爱'是伟大的,但这只能满足精神上的需要,至于物质方面呢,就只能另想办法了。"(《我请求》)然而,她死活摆脱不了的还是对人民对国家的爱,不然,为什么放着终身教授不当早在1951年就毅然回国?为什么尽管恨铁不成钢但小平同志南方谈话后纪念"七一"时在《文艺报》上毫不犹豫地写下"没有共产党,就没有新中国"几个大字?说到底,她是爱神,是爱神的使者。

汪曾祺说过,老年人文笔大多都比较干净,不卖弄,少做作,但是往往比较枯瘦,不滋润,少才华,这是老人文章一病。诚哉斯言!可是冰心例外。冰心写来,一方面亲切、不隔,犹如老奶奶抚摸着、拍打着劝说她的子孙儿女,一方面又以过来人的体验作内省的独白,清醒地做着好梦,梦里充满鲜活的人性生机。

像说话那样随随便便,像禅机那样启人心智。

前后九十年的一个梦,算上标点符号不过八百来字!

我的邻居吴冠中

2010年3月的一个上午,在楼下遇到他,我问:"吴先生久违,你好啊?"他说:"车子等着我,有事出去。"然后拉了拉手,背影匆匆。从此挥别,再也没有回来。

3个月后,吴冠中走了,默默地走了。

九旬高龄的吴老,和我同住京南方庄小区芳古园一区,塔楼南北毗邻。老人喜欢方庄,说这里有人气,旁边就是体育公园。我常常在公园遇到他们老两口,他搀扶着她,缓缓地,一步一步。

我问吴老,记得吗?我们《中国文化报》曾经编发过你的专版,还有你一帧正在写生的大幅照片和年轻时候在凡尔赛宫的一张。吴老说,记得。我说,大标题很醒目:《鲁迅是我的人格老师》!你把绘画和文学相沟通,使人更理解你的绘画也更理解你的散文。

有时在3元钱优惠老人的理发店和他擦肩而过。我们古园一区,有个4人座的"福云理发店",优惠老人,原来3元,现在5元。我去理发时,老板娘总会提到吴老,因为他是那里的常客。吴老的干女儿陪伴他,静静地伫候一旁。干女儿把剪头时掉落的头发从围布上小心翼翼地收集到备好的信封里,老板娘不好意思询问她留作何用。

邻居们都知道这个很不起眼的小老头是个大画家,却不知道他的作品那么值钱。"万贯家产"吧?却"穷"得布衣素食。老头倔,价值几百万、几千万的传世名画一捐就是百多幅,消费却极端平民化。当理发店的伙计们得知这个老头的画卖到10多亿人民币的时候,简直惊呆了,知道老人来小店理发绝非省钱图便宜。我问过吴老,"有消息称,你的一幅画又拍了4000多万元创下新的纪录……"他不动声色,然后说了句:"这都与我无关。"

吴老脑勤而心静,不大愿意接待访客,人们知趣,尽量不去打扰他。一次,约好去他家说事,踏进家门后我大吃一惊。他的住房同我家一样大小,都是108平米,死活不让装修,仍旧是洋灰地板、铁铸的窗框窗格子,一应的原生态,书房之小,堪比斗室,哎呀,太委屈大画家了,然而,他已经习惯了。他的画作就是从这间普普通通的住房走出,进入国际画廊。

他和她又从公园的林间小道缓缓走来,不认识的都把他们当作退休多年的老职工。她三次脑血栓,他伴着她,寸步不离。他肩并肩搀扶着她,平和而亲昵。我遇上他,总能说上几句话,她也总和我的小孙孙搭讪几句。

吴老知道我最先在《文艺报》,后来到《中国文化报》,便说:"你们文联、作协,一个群众团体封那么多官干什么!""美协、画院，都是官办机构，他们的活动就是搞展览、办大赛、搞评奖。他们手里有权，你出钱我就给你办，这跟妓院有什么两样？这样一个环境里，空头文艺家泛滥，好的艺术当然出不来了，怎样为艺术服务？"我担心吴老的批评有些尖刻，出格，他不怕，说："如果我的观点有错，下十八层地狱我也无怨无悔。"

吴老经常在我们的楼下买天津煎饼，有时保姆给他买。近年来，他不吃了，卖煎饼的安徽妇女对我说："老头儿想吃，可就是咬不动了。"还说："老头儿人好，没有一点架子。一年，他送我挂历，说上面有他的画，他是个大画家。"她还看见他亲自抱着字画从她身边走过，问他怎么自己抱着，他说抱得动的，没关系，马路边儿上等车去。

更令人吃惊的，是吴老大清早买煎饼吃过后，同夫人坐在楼下草坪边的洋灰台上，打开包儿，取出精致的印章，有好几枚，磨呀磨，老两口一起磨。卖煎饼的妇女走过去问他："你这是做什么？"他说："把我的名字磨掉。""这么好的东西你磨它？"他说："不画了，用不着了，谁也别想拿去乱盖。"

为了防范赝品，吴冠中破釜沉舟。

吴老的散文我喜欢，情亦何深，凝练复凝重。我有意不跟他多谈，只在和他并肩同步的时间内，用最简括的话语请教他最文学的问题。一天，又邂逅他和她，便提到《他和她》。她飘着白发，扶着手杖，我的孙儿大声地喊"奶奶好！"她无言地笑。《他和她》里正好写道："她走在公园里，不相识的孩子们都亲切地叫她奶奶,一声奶奶,呈现出一个灿烂人生。"我说:"目下散文,写暮年亲情,无能出其右者。"他摇头。我又重复地说,吴老呀,你写的散文特别是《他和她》,空谷足音,人间哪得几回闻!开篇普普通通的5个字就打动人心:"她成了婴儿。"最后几句话:"他偶尔拉她的手,似乎问她什么时候该结束我们病痛的残年,她缩回手,没有反应。年年的花,年年谢去,小孙子买来野鸟鸣叫的玩具,想让爷爷奶奶常听听四野的生命之音,但奶奶爷爷仍无兴趣,他们只愿孙辈们自己快活,看到他们自己种植的果木。"《病妻》的结尾更震撼:"人必老,没有追求和思考者,更易老,老了更是无边的苦恼,上帝撒下拯救苦恼的种子吧,比方艺术!"不尽的叹惋和眷恋,淡淡的垂暮之忧,却无一丝的沮丧与悲凉,大胸襟,大手笔,我辈怎能学得!又是微微一笑。

多次晤谈之后,我对吴老的文学观略有所悟,就是借文字表现感情的内涵。吴老说:"我本不想学丹青,一心想学鲁迅,这是我一生的心愿。固然,形象能够表现内涵,但文字表现得更生动,以文字抒难抒之情是艺术的灵魂,愈到晚年,我愈感到技术并不重要,重要的是内涵,是数千年千姿百态的坎坷生命,是令子孙后代肃然起敬的民族壮景,所以,我敢狂妄地说:'100个齐白石抵不过一个鲁迅。少一个鲁迅中国的脊梁骨会软很多,少一个画家则不然。'"

吴冠中加重语气说:"我的一切都在作品中,我坚信,离世之后，我的散文读者要超过我绘画的赏者。"

可是遗憾，吴冠中那么爱散文，写了那么多的好散文，写了一辈子，除个别年选本外，像百年散文等大型的选本，直到去年新出的60年散文精选本，他都没有资格入选。

他丰满而瘦小，富有而简陋，平易而固执，谦逊而倔强，誉满全球却像个苦行僧，"寂寞啊寂寞，孤独啊孤独"（《病妻》）。人们觉得怪异，其实，不难理解。试想，他"一心想学鲁迅"，称鲁迅为"精神的父亲"，"少一个鲁迅中国的脊梁骨会软很多，少一个画家则不然"。再回顾他坎坷万状的人生经历，读读他最满意的那幅油画《野草》，凝视鲁迅枕卧在杂花野草上瘦削却坚韧的头颅，这一切也许会变得容易理解。

吴老逝世，我和刘茵去他家吊唁，向遗像深深鞠躬，献上"我崇敬的艺术大师吴冠中先生千古！方庄古园1区邻居阎纲6月30日敬挽"，刘茵捧上一个大信封，上写"生前答应送的资料献于您的灵前"，然后看望老太太。她表示出热情，说："来！坐！"频频让座，微微含笑，平和如故，神态如昨。我们对着灵堂落泪，她却不知道眼前已经发生的一切。想起吴老的名篇《他和她》，想起公园里他搀扶着她一步步挪动的背影，不觉一阵心痛。

2010年7月1日

张贤亮笔下的"伤痕"

张贤亮是苦难中成长的作家,他写的"伤痕",不是一般的"伤痕文学"。它的伤痕深重得多,感情沉重得多,笔法凝练得多,细节真切得多,极摹人情世态之歧,备写悲欢离合之致,是"伤痕"小说的极致!

我被《邢老汉和狗的故事》的痛苦压倒了,把自己的同情心全部赋予勤劳善良而灾难深重的农村父老。《李顺大造屋》里的李顺大,解放三十年造不起一间屋,孤苦伶仃的邢老汉到死讨不起个老伴。

他孑然一身来到这个世界,孤孤单单生活在这个世界。1972年饥饿的陕北,给老汉送来了一位美满的伴侣,但走掉了。老汉同小黄狗相依为命,狗又被"政治"打死了。茕茕孑立的老汉,只有伴随着他的影子寂寞地死去。当我读到狗死了、老汉抚尸恸哭,老汉死了、无人抚尸恸哭时,我的心碎了。

不久,又读到《在这样的春天里》。一个现在听来不谓新鲜的故事在张贤亮的笔下却获得强烈的效果。他既没有借助灾难的叠加,又不堆积倚重伤感的言辞,而是靠写实的力量和作家的热忱。这样的作品,像是一个磨盘压在心头,沉重得叫人喘不过气来,必欲掀掉而后快。

《吉卜赛人》却给人们另外的感觉,这对青年男女似乎掀掉了心头的磨盘,却仍然流浪在更大的磨盘的笼罩之下。社会把她变成吉卜赛女郎,"革命"把他变成"亡命徒"、流浪者;生活又把他和她邂逅在一起。他们的品行和节操比雪洁白,他们生活的环境比墨还要黑。他们只有在人间的夹缝里求生,在阴冷的角落里相怜。他们各自在对方的身上看见自己的希望,觉得自己也有权保有自己的青春或爱情。"我们到新疆去吧!"新疆成了他俩理想的天国。然而,青春啊,爱情啊,希望啊,却像幻想的天国一样遥远。当天国的憧憬刚刚给他们的脸上挂上一丝笑容的时候,高悬在半空中的那块大得可怕的磨盘落了下来,双双对对,在劫难逃。

社会把一个纯真的少女变成流浪者,流浪者却以吉卜赛人的乐天和乐善嘲讽了那个社会,并以少女般的天真、灵明、助人为乐和满不在乎的大方,为那个特定时期奏响了不谐和的音节。比起阴冷色调的《邢老汉和狗的故事》,张贤亮在《吉卜赛人》里加进不少隽永的柔色和暖色,如孔老夫子赞《关雎》云:"乐而不淫,哀而不伤。"其实,以"淫"写乐,其乐更乐;以伤写哀,倍增其哀。但是,希望还是破灭了,以至于丧失饮食男女人之常情。《吉卜赛人》与《邢老汉和狗的故事》一样,"墨点无多泪点多"。

张贤亮的选材和构思与众不同。他同样选取不幸中的人物，但不论是农民或知识青年，一概都是农村社会最底层的人。他们多是"右派"、"右派"子女或地富家属。他们的过错就是投错了胎，"文革"之前就是贱民，横扫"牛鬼蛇神"的风暴最先把他们刮到磨盘的底下。他们的遭遇无奇不有，孤独者以狗为伴，吉卜赛式的性格和生活，"情敌"与"政敌"的"合流"，被父亲遗弃而又遗弃了父亲，被社会抛弃却不忍抛弃社会，等等。更有意思的是逃荒嫁人的妇女多次在作者笔下出现，使一场"史无前例"的"伟大革命"黯然失色。在这些妇女形象的身上，作者寄托了他对我国农村劳动妇女的衷心赞美之情。作者以极真挚的感情和极细腻的笔触描写这些人物，使其成为近几年来短篇小说中不可多得的动人形象。可见，张贤亮的作品所选取的，近似于"畸人奇行"。但是，他并不以畸奇取悦于读者，他要从"贱民"灵魂内发掘人性、人情之美，从"畸人奇行"处探寻真正悲剧之所在。他要发现扭曲了的历史怎样扭曲了人，又要发现扭曲了的人怎样扭曲了历史。他不只是为民请命，也不只吊民伐罪，他念兹在兹的是恩格斯的话："真实地描写现实关系。"故而，他的"伤痕"更加刻骨铭心。

1980 年 11 月 3 日

独留冷寂柳青墓

1983年6月9日上午,我提议作家们(文化厅长方杰,省作协领导王丕祥、王愚、张素文等共22人)到柳青墓上献花圈,依稀塞外访古,虽不是"白骨露于野",却不胜"独留青冢向黄昏",教人怆然而涕流。

沿神禾塬南下,柳青的故居,屋舍墙院荡然无存,宅基也已塌陷,我站在西南角一丛荒草之上想象《创业史》怎样在脚下这一小块土地上出世,想象"文革"期间满身疮痍的柳青站在这里喟然长叹,久久地。呜呼,什么都没有了,只有《创业史》留在国家图书馆的架柜上,但是此地什么也没有,荒芜、空寂,空寂、荒芜,半生顿踣、死后寂寞,噫吁兮,这废墟上的冷寂!

五年过去了,这个人的形象还是那样动人。他的一生教人敬慕又让人困惑,他的死,我们不管什么时候想起来都十分难过。

柳青一生热爱农民,最后变成农民。他取得农民的资格以后,便以党代表的身份表现农民的翻身运动行将到来和已经到来时,各阶层农民的面貌和心理,用以教育农民。

陕北黄土高原出生的柳青,曾经是西服、干部服,如今穿上对门襟的老农衣;爱吃羊肉泡,也借进城之便过过西餐瘾。

他通英语，学俄语，做翻译，读原版。他从托尔斯泰、高尔基、肖洛霍夫那里偷火炼自己的诗。他对农民的爱以及对于陕西农民的孝、厚、勤、犟、朴刻骨的称颂，他在艺术构思、叙事策略、厚重的艺术刻画、微妙的心理描写诸方面打破了老一套的技法，以至将三秦的地域文化、关中方言口语提升到审美的层面，新颖而有意蕴。在完善中国当代长篇小说的艺术形式方面，《创业史》有功。

只要不把《创业史》仅仅看作"社会主义高潮"语境下的文学社会史，而是把它看作受苦的庄稼汉在一种类似宗教的鼓动下的理想国、心灵史；只要将个性特色、思想特征和审美价值联系起来进行系统化的研究的话，那么，梁生宝、梁三老汉不会过时，《创业史》不会速朽。

柳青去世五年了，他的遭遇太惨，贡献却大。他穿布衣，吃粗粮，哮喘着，把精品捧给他的人民。"三年困难时期"，把《创业史》的稿酬全部捐给王曲公社自己继续吃草，拉扯一大家子艰苦度日。他的创作经验耐人寻味，铁骨铮铮的艺术生涯，绘声绘色的现实主义才情，岂以晚年修订中之一眚掩大德。

告别柳青的墓地，我和皇甫村土生土长的两个高中毕业的女子一块儿等车。我问："知道柳青不？"说："知道。""读过《创业史》吗？"她们摇了摇头，有些不好意思。

一个干瘪的陕北老汉常常浮现在我的脑海。临终时体重不到 50 公斤，只有一对眼睛荡漾着生意。

神仙哟挡不住人想人!

——怀念路遥

路遥的艺术嗅觉灵敏,发现野心勃勃的高加林,推出小说《人生》,我们俩第一时间书信往来,一起琢磨改革开放的氛围如何在城乡交叉的地带露出端倪。《人生》出书,又拍电影,一时间声名大振。及至长篇小说《平凡的世界》出世,一个磨穿铁砚、使人不堪其苦的陕西冷娃,赫赫然全票夺冠,荣获第三届"茅盾文学奖"。

路遥写完《平凡的世界》第一部,生命严重透支;写完第二部大病一场,险些死去;写完第三部双手成了"鸡爪子",两鬓斑白,满脸皱纹。

路遥和陈忠实都把《创业史》读了7遍。陈忠实说《创业史》是伟大的作品,路遥把柳青称作"教父"。

5万多字的《早晨从中午开始》是路遥躺在病床上写的,历数创作之艰辛,但不满于既得的成就,"人不仅要战胜失败,而且要超越胜利"。

"最后的时间"守候在病床前的航宇回忆说:"在生命最

艰难的日子，路遥还在紧锣密鼓地计划着。他心里藏了很多精彩的故事。他说'如果我哪天再站起来，一定要把这些故事写成长篇小说，每一部都可以超过《平凡的世界》'。"

他超越《创业史》，还要超越自我。

他像老牛一样劳动，像土地一样奉献，不幸，《平凡的世界》完稿的当年溘然长逝。

《早晨从中午开始》是路遥的自画像。传神的自画像传递路遥内心深处的信息，从中可以窥见婚事离异与兄弟失和，孤独与冷落，自恋与自虐，发奋与疯狂，以及无常鬼闪电式的勾魂摄魄。

一条陕北汉子，只活了 42 年。

我的外甥王可为，失业住在我处，闻讯，从枕头底下取出 40 块钱，让我转交给清涧县破窑洞里一个哭瞎了眼的老婆婆。

路遥说过，陕北这块地方不得了，他就是敢爱敢恨、挑战苦难的陕北人。

陕北瘠薄，孤悬塞外，狂风劲吹，历史积淀厚重，苍凉而壮美。

陕北人重义尚武，狂放凝重，骁勇善战，生活凄苦生命力极强，看惯了征战与劫掠，彪悍而多情，日子艰辛生性乐观，对爱情的追求出奇的大胆，深藏着凄凉悲苦却刚毅而沉郁，生成一种征服苦难的强烈冲动和生死相随的牺牲精神，声声动人心弦。

那就是信天游！

听，"千里的雷声万里闪"，"山丹丹开花红艳艳"，"正月里来是新年，陕北出了个刘志丹"。"拉妹妹绵手手，亲了妹妹小口口，拉手手亲口口，咱们两个圪崂崂走。""听见哥哥的鞋底响，一舌头舔破两块窗。""对对沙燕飞过梁，你把妹妹也领上。八路军营里人马多，哪一个马尻子捎不上我。""谁昧良心天火烧"，"咱们俩死活哟在一搭！"《东方红》的曲调，原本取自勇敢示爱的生死恋歌《骑白马》："骑白马，走沙滩，你没有婆姨我没有汉。咱俩拧成一吐嘟蒜，呼儿嗨哟，一块儿生来一块儿烂。"

路遥非常喜欢信天游，说信天游用普通话唱就把陕北民歌日塌了，用陕北人方言唱一下子就扎进人的心窝窝，才会有一种魂牵梦绕的味道。《人生》和《平凡的世界》就是路遥扎根信天游家乡，献给新时代年轻小伙子们刻骨铭心的组歌信天游。

据《陈忠实传》透露，2003年"华山论剑"，金庸说："我很喜欢《白鹿原》，你胆子大，敢替地主翻案。"陈忠实说："你看懂了！"

陈忠实早就对好友王蓬说过："我心里想的是农民，我创作的底线是人道和人性之美。"

陈忠实很喜欢电影《人生》以及电影里（由路遥亲自填词）的插曲——富有"信天游"情调的《上河里的鸭子下河里的鹅》：

上河里的鸭子下河里的鹅

一对对毛眼眼照哥哥

煮了那个钱钱哟下了那个米

大路上搂柴瞭一瞭你

清水水的玻璃隔着窗子照

满口口白牙牙对着哥哥笑

双扇扇的门来哟单扇扇地开

叫一声哥哥哟你快回来

啊——啊——

双扇扇的门来哟单扇扇地开

叫一声哥哥哟你快回来

你快回来你快回来你快回来

你快回来

农民的儿子想要成大业，就得走向《人生》的城乡交叉地带，甚至还要远，哪怕出去以后再回来（柳青对我说过，在《创业史》第二部里他一定要让梁生宝走出去看看外面的大世事）。

一首暗含社会内容和生命价值的信天游在陈忠实的脑际重现，是他对路遥探求人性深度的赞美与怀念。

我怀念路遥，也寄情信天游，电视连续剧《平凡的世界》

主题歌和片头、片尾的插曲,天籁之音啊!

就恋着一把把黄土,就盼有一座座青山
就盼有一层层绿,就盼有一汪汪泉
看不到满眼的风沙,听不到这震天的呼喊
这震天的呼喊,抖起我的壮志、鼓起我的胆

龙王救万民哟,清风细雨哟救万民
天旱了着火了,地下的青苗晒干了

山挡不住云彩树挡不住风
神仙哟挡不住人想人

羊肚子手巾三道道蓝
咱们见面容易那个拉话话难
一个在那山上哟一个在那沟
咱们拉不上那话话那个招一招手
瞭不见啦村村哟瞭不见那个人
泪格蛋蛋洒在哎呀沙蒿蒿的林

高建群题赠路遥说:"文学是一种殉道,陕北高原是一个英雄史诗美人吟唱的地方。"

不仅仅赞美爱情，不仅仅为了果腹，而是震天的呼喊"鼓起我的胆"。

我爱陕北人生死相随、"咱们俩死活哟在一搭"的牺牲精神，爱陕北人激情似火、柔肠百转的信天游。

《平凡的世界》通过陕北地区父老乡亲极度贫困和失望所呈现的七情六欲，将艰难竭蹶的奋斗精神与巨大的社会冲突相交织，深刻地展示了贫苦农民在大时代历史进程中的阵痛与巨变。

王蓬回忆说，为了创作《平凡的世界》，路遥单单翻阅10年来的报纸就把手指的毛细血管磨出血，不得不换成手背继续翻阅。经过6年的拼搏，《平凡的世界》完成了。

乡党告诉我说，《平凡的世界》马上就要煞尾收笔，朋友们大摆宴席为他祝酒，但是最后的一段文字难产，一秒一秒地煎熬着。他终于为全书画上一个圆圆的大句号，疯子般地一把推开窗户将笔扔了出去，扔得很远，叫喊："这是为什么、为什么？"然后，冲进厕所照镜子，对着镜子再行叩问："我究竟为什么、为什么？"放声大哭。

我面前这个人是不是渴望生活、追求深沉的爱和自我精神实现、宁肯受磨受难、不惜割掉自己耳朵的梵高？

血汗浇灌的《平凡的世界》荣获茅盾文学大奖，奖金大洋一万，路遥说："连抽烟的钱都不够！"

1990年路过西安，看望路遥，谈话触痛他的心，他流泪了，一根接一根地点燃劣质烟。别时,却把两盒红塔山硬塞到我的口袋里,我的眼圈也湿了。

临终前,路遥焦躁不安,金铮问他啥事这么急?路遥说:"你不知道,林达去北京了,她把孩子一个人留在家里没人管,我正愁得头像开裂一样。"金铮说:"就这么点小事?交我办不就行了!"

红卫兵的暴行与造反派的忏悔,种粮的农民吃不上粮食,饥饿的知青出走创业碰得头破血流,"严重的问题是教育农民"与严重的问题是接受农民的教育,缱绻与决绝,孤傲与狂狷,烦躁与霸气,傲慢与忧伤,恩爱热恋与离异,手足兄弟与失和,夜以继日地透支生命,日吸两包劣质烟卷以及正在吞噬脏器的剧痛,刚强的男儿痛哭流涕,一齐涌上心头。人之将死,其言也善,其言也哀,味尽人生百味之后,一条陕北汉子被过早地推向死亡。

路遥远去,"把藏在心里"每一部都"超过《平凡的世界》"的"最精彩的故事"带走了。

吃进去的是草,挤出来的是奶,只活到42岁,路遥死不瞑目!

27年了,人们没有忘记那里的土地和饥饿,没有忘记这个人充满个性色彩的刚强和介入,没有忘记他心心相印的高加林、刘巧珍、孙少安、孙少平、田润叶、贺秀莲、田福军、田晓霞以及彼此间脉脉含情的孤寡师母惠英嫂。

"神仙哟挡不住人想人！""平凡的世界"，不平凡的人生，人们怀念路遥。

2019年10月19日于礼泉家乡

【附】2020年第三期《北京文学》发表《神仙哟，挡不住人想人！》，主编杨晓升嘱做一视频谈谈写作体验。现将视频的文字稿附录更于下：

大家好！我是阎纲。我为什么要用这样一个题目怀念路遥？是想为他招魂。

路遥吸的是劣质烟草，栽种的却是香花；吃的是野草，吐的是鲜奶。

路遥所有的作品，都是蘸着自己悲欣交集的泪水写成的。

路遥终生的心愿：一、让贫瘠的黄土地变为绿洲；二、让农村知青千锤百炼，自主创业，变"悲惨的世界"为"不平凡的世界"。

路遥的作品历久不衰，仅长达百多万字的《平凡的世界》，迄今为止，印数几近两千万部。

一般作家成名作之后，很难有作品突破自己，路遥42岁去世时已经超越他的"文学教父"柳青，并且遗憾地说："还有好几部长篇要写，每一部都超过《平凡的世界》！"

中国文坛，只有一个百炼成钢、性格奇特的路遥。

路遥去世时42岁，我60岁，白发人送黑发人。

路遥死得太惨,我怀念他,用什么形式怀念呢?就用这条陕北汉子爱唱的信天游吧——"神仙哟挡不住人想人!"

最后,顺便说说我为什么把稿子投给《北京文学》呢?因为《北京文学》下接地气,上顶天理,面向大众,大气美观,激励着一批批新老作家体验社会、悲天悯人。

谢谢大家!

2020年2月25日于礼泉家乡

同陈忠实对话《白鹿原》

我有幸同陈忠实几番交谈。

我问：你把《创业史》读过 6 遍？

陈说：咱陕西这一代作家，没有不敬重柳青的。柳青深刻，是伟大的作家。

我说：你是柳青的好学生。你在思考农民问题的深刻程度上，在人性化、个性化的复杂、精确与出神入化以及小说的技法和修辞手段等方面，得益于柳青，当然，陕西文坛上、中国文学史上，只能有一个柳青。

陈说：柳青用生命体验生活，起点很高。

我说：《创业史》里，常常用绝对正确的头脑思考，用"严重的问题是教育农民"的指示教育农民，《白鹿原》抚今追昔，知往鉴今，好像提示人们"最严重的问题是接受农民的教育"。

陈说：柳青扎根农村 14 年，把自己变成农民和农民的教育者。

我说：柳青是深入生活的模范，但是刚下生活（正处于合作化高潮时期）大约两年多的时间，就匆忙动笔写作长篇，有灵感的冲动，却来不及积淀资源产生距离美，直面富裕中农率尔应战，而且预告要写到"大跃进"、人民公社。

陈说："文革"期间，柳青有反思，非常深刻。

我说：十年"文革"的炼狱，柳青醒悟了："决不能把人民驱赶到共产主义。"而且改口说："第四部主要内容是批判合作化运动怎样走上错误的路。"这是反思后理性的觉醒，是人格魅力的劲升。柳青死得太早了！要不然，《创业史》第四部衰年变法不可限量！

你比柳青幸运，因为你经历了以一脑治天下的"文革"，又在基层摸爬滚打二十多年，尝尽甜酸苦辣，坚信只有通过实践反观历史才能检验真理。

陈说：1978年12月召开的党的第十一届三中全会，号召全党"解放思想、实事求是"。半个多月后的正月初二，中共中央迫不及待发文，给地主、富农摘帽子，也给我壮了胆。

我说：《白鹿原》的诗魂在精神，在发掘几千年来赖以生存的民族精神，包括处世、治家、律己和自强不息的过程中善恶因果的对立与调试，不禁让人联想到中国农民的出路：向何处去？祠堂还是庙堂？捣毁还是改制？纲常名教还是日出而作？人欲、阶级性，还是文化冲突？

《白鹿原》的突破，体现在历史的深度上，即通过隐秘的"心灵史"质疑万能的"阶级斗争哲学"。

所以，1993年7月我在讨论会上的发言《〈白鹿原〉的征服》中称赞"《白鹿原》是个里程碑！"

陈说：其实，写《白鹿原》，我的心情非常复杂，生活也遇到非常大的困难，娃上学快交不上学费了。我给老婆说，我回原上老家去，你给我多擀些面带上，这事弄不成，咱养鸡去，养鸡为主，写作为辅；事弄成了，咱写作为主，养鸡为辅。老婆给我擀了一大摊子面，说吃完了回来再擀。

我问：记得你喜欢昆德拉后期的"负重若轻"。还说过："我不愿意当官，我的命搭在文学上，寻找自己的句子。"也就是寻求个人的艺术独创性。记得你还对我说过（大意是）：创作竞赛，最后的优胜者取决于作品的思想深度。

陈说：对着哩，一般地记录生活不会有生命力的。

我问：你是在路遥《平凡的世界》大获成功的压力下发愤写作的？

陈说：我到陕西人民出版社开会，路遥发言，李星绕到我的后面说悄悄话："今早听广播，《平凡的世界》评上茅盾奖了！"接着说："你年底要把那事不弄成，干脆从这楼窗户跳下去！"回到原上后，我发愤地写，到年底终于画上最后一个句号。我抱上稿子回到西安家里，老婆问："弄成了？"我说："弄成了！"很干脆，就这一问一答不同标点的3个字！一天，碰见李星，他一把拉住我，说："跟我上楼。"刚进他的家门，李星把50万字沉甸甸的书稿往床上狠狠地一甩，说："事咋叫咱给弄成了！"

1992年的一天，我回西安的家背面背馍，发现人民文学出版社高贤均的回信，一下子从沙发上蹦了起来，惊叫了几声，哭了，趴到沙发上半天起不来。老婆慌了，问："出啥事了，出啥事了？"我说："咱不养鸡了！"（高贤均去世时，我难过极了，赶到北京和他告别。）

我说：《白鹿原》评茅盾文学奖遇到重重障碍。评委会的意见决然对立，致使这一届评奖延迟了两年。多亏陈涌啊！陈涌反复琢磨作品，然后在评委会上拿出正式意见，说"《白鹿原》深刻地反映了解放前中国现实的真实"，"政治上基本上没有问题；性描写上基本上没有问题"。但必须修改才能参评。后来改了？

陈说：改了，评上了。据人文社副总编何启治统计，删去田小娥每一次把黑娃拉上炕的动作和鹿子霖第二次和田性过程的部分，关于两方"翻鏊子"的事也删掉一些，约删去两三千字。

我说：也有人统计，包括你自己删掉的，总共有50000多字。

《白鹿原》的最后，县长白孝文把既是"土匪坯子"，又是朱先生"最好的弟子"黑娃给毙了。

儿子白孝文主持公诉大会，黑娃倒在血泊中，白嘉轩晕倒了，大病一场。最后的最后，他站在坡坎上对着南山凝视，鹿子霖来了，疯了。等鹿子霖走近时，他向他忏悔当年巧取慢坡地的恶行……这一笔惊心动魄！

朱先生说白鹿原上"翻鏊子"，到头来还是"折腾"，朱先生谶语成真。你写朱先生，像鲁迅说"三国"："状诸葛之多智而近妖"，只能算是历史经验的象征。白嘉轩才是你理想化的艺术典型，像，又不全像。

黑娃死得冤啊！黑娃临死前叮嘱妻子道："你要去寻鹿兆鹏。你寻不着，你死了的话，由儿子接着寻。"要是说《创业史》寄希望于神祇般的"庙堂"的话，《白鹿原》似乎寄希望"仁义兴邦"的"祠堂"，像，又不全像，旧礼教也吃人啊！本质上要革命的黑娃被吃了，所谓的淫妇田小娥被吃了，白灵被活埋了！"风搅雪"、"翻鏊子"不能救中国，"杀杀杀、砍砍砍"不能救中国，"原上君子"白嘉轩不能救中国，"庙堂"、"祠堂"都不能救中国。

黑娃被枪毙了，黑娃血淋淋的头颅像一个大大的问号，狠狠地甩在新政权的面前，怎么办？忠实，你给读者留下一个老大不小的想象空间。

……

我感叹：陕西成为文学大省（更恰当地说，是"长篇小说大省"）的成功经验到底怎么说？没有《保卫延安》的压力，《创业史》的诞生会不会推迟？没有《创业史》出世，能否带动路遥、平凹、忠实、志安等一批青年作家"走出潼关"？（路遥说："柳青是我的文学教父。"）没有《人生》、《平凡的世界》的压力，陈忠实会不会破釜沉舟，以穿越历史为己任，视《白鹿原》为棺枕，自将磨砺，一鼓作气，"咱不养鸡了"？

——2017年追记于电视剧《白鹿原》停播和"手术后"复播期间

贾平凹再研究

我常说："平凹是我的小弟弟、大作家。"他赋性聪颖，少小有才。《满月儿》出世，我惊呼他是"关中才子"、真"作家"，很快，声名远播，开一代新风，成了大作家。

市委领导爱文学，评价贾平凹说：最乡土又最潮流，最纯粹又最复杂。还有趣地说，平凹"是当代中国文坛一个奇特的文化现象，也是西安标志性的文化景观之一"。

新建成的"贾平凹文化艺术研究院"也应成为西安标志性的文化景观之一。

顷读《古炉·后记》，平凹说他瞌睡少了，老了，我一惊。今年，托尔斯泰逝世整整一百周年，托翁一生反对农奴制、抗议沙皇，写出三大巨著，晚年思想激变，放弃财产和版权，与妻子反目，82岁离家出走，客死他乡，"俄罗斯成了孤儿"。平凹多大？五十啷当，敢言老？你这么说，老汉今年78，还有脸活下去么？

平凹眼睛向下，是个平民作家，同平民相亲，同读者交心，人们喜爱他。

平凹把世事看透了，把文学看透了，纵浪大化中，不喜亦不惧，与世无争，低调处事，时时刻刻把芸芸乡民、山寨草民、贫苦平民挂在心上，不回避他们的落后、愚忠、狡黠、野蛮甚至残暴，不嫌弃他们土得掉渣恨铁不成钢。他是他们的儿子，孜孜不息，替他们刨根问底探求天理。

平凹的两只手伸得很长，当有人热衷于自我造势时，他读经，刚日读经，柔日读史，上天入地，打通三才天地人，打通文、史、哲，打通诗、书、画；技法上借助意象叠加的现代派，天人合一，左右逢源，微观可见蚂蚁搬家，宏观可见神话世界，望天遥测生死吉凶，写实更兼写虚、写意，藏禅意于琐细之中。终成鬼才、全才。

平凹从不拿文学训人，而是同常人平等对话。"话须通俗方传远，语必关风始动人"，他的文字既"关风"又灵动，五行八作，个性鲜明，水墨白描却斑斓有色，率性而且风趣。

平凹灵性十足，细腻从容，俗而雅，巧而奇，色而空，实而虚，戚而能谐，婉而多讽，中国当代文学史上，"平凹风格"自成一家！

平凹成功的秘诀是说平常话，用形象说话，用感悟传神，道法自然。

贾平凹开一代新风，爱平凹、学平凹的人全国知多少！《美文》的周围团结的作家越来越多。既当作家，又做编辑，写字又作画，洛阳纸贵，他的"粉丝"谁数得过来？

"贾生才调更无伦"，贾平凹值得研究。

2011年元月12日在"贾平凹文化艺术研究院"成立大会上的贺词

《改革小说选》与蒋子龙

1985年,我请蒋子龙为《改革小说选》作序,原因是蒋子龙为了助推改革开放的浪潮,写过《乔厂长上任记》到《开拓者》一长串旨在"救救工业"的作品。

蒋子龙的作品敢言人未言,篇篇血肉之躯,豪气扑面,冲垮了二三十年来"车间文学"的老框框,被称为"'开拓者'系列"。

蒋子龙一路走来多不顺啊!他经历的自上而下和自下而上的压力多大啊!他硬是冲杀,名噪一时。我对蒋子龙的硬汉子小说说过一句颇为读者首肯的话:"就我国工业题材小说创作而言,蒋子龙'文起当代之衰'!"同行邵燕祥等开玩笑说:"阎纲,你可真是的,'语不惊人死不休'啊!"然而,对蒋子龙作品中我自认为不大满意的,也直抒己见,提出批评,希望他在艺术剪裁上也像制造精密仪器那样微妙,把以气夺人与以情感人融合在一起。

应蒋子龙之约,我为《蒋子龙中篇小说集》作序,时在1981年。1982年,《蒋子龙中篇小说集》出版,他在扉页上题写:

阎纲同志：

17年前，您是第一个向我组稿并给我许多帮助的编辑。17年后仍在关心指导我的创作，为此书作的序就是一例。不胜感激，仅此致真挚的谢意。

蒋子龙

1982年3月15日

现在，是我约请蒋子龙写序。写序？蒋子龙表示为难，回信写道：我勉为其难，后来还是答应下来，因为："提出这要我作序的人使我无法拒绝，不论这件事对我说来多么不合适。"由此引出他的一段回忆。

蒋子龙回忆说："距今整整20年前，我是个刚练习写作的业余作者，不知天高地厚，四面出击，八方投稿。有天下午接到一个电话，是中国一流的理论刊物《文艺报》的编辑打来的，对我寄给他们的那篇评论'新人新作'的文章很感兴趣，专程从北京来天津商量这件事，准备修改后采用。我真是受宠若惊，平时从报刊得到的退稿信往往是一张'发货票'（印好的退稿单），如果编辑部肯在'发货单'左上端空白处填上我的名字，甚或写上几句话，那我就感激不尽了。如今一家大刊物的大编辑，竟亲自出马帮我修改一篇小稿，怎不令人动容动情！我打听他的名字，方才得知对方还不是一般编辑，是经常发表文章的理论家阎纲。下班后我在工厂的食堂吃了点饭，骑了一个多钟头的自行车,从工厂所在的北郊区来到市内《河北文学》的招待所。阎纲同志正在等我。这是我平生见到的第一个编辑,第一次和文学界的人物交谈。出乎意料,他没有一点架子,跟我谈了两个多小时,问了我的经历,建议我多读些中外当代文学作品。他说我的语言风格像搞过创作的,适合写小说,还说了其他一些使我感到新鲜而又精辟的道理……

我回到工厂的单身宿舍,同屋的三个人已经睡了,我悄悄躺下,怎么也睡不着,回味着阎纲的每一句话。当时没有手表,不知深夜几点钟,干脆起床,从床下掏出小板凳,开亮自己专用的电灯泡,修改那篇文章。直到天蒙蒙亮。心里高兴,一路飞车赶到市里,招待所的大门已开,阎纲还没有醒,他夜不闭户,房门不上锁,我登堂入室,把稿子放在他的床头柜上,再悄悄退出,照例飞车蹬回工厂,直奔食堂,买了两个馒头,夹上两个炸糕,就着一碗稀饭,狼吞虎咽,极其香甜。上班后接到阎纲的电话,他很抱歉,又很满意。稿子用不用在其次,重要的是我认识了一位有见地又能真诚帮人的编辑和评论家。

14年后,我们再次见面,阎纲仍像以前那样热情地帮助我,对我作品中的不足,提出切中要害的批评,令我非常感动。这样一位编辑向我约稿,我怎能说得出口一个'不'字呢?"

……

蒋子龙终于将序言送来了,写道:"什么是'改革'?不同的人有不同的理解;作家不可能按照'改革'的定义去进行创作。'改革'二字的盛行是这一两年来的事情,然而'表现改革'的作品好几年前就大量出现了。这又怎么解释呢？文艺的历史比政治的历史更长！"

他强调说："只有当'改革'实际上成了群众精神生活和物质生活中最主要的问题，正在剧烈地摇荡和改变人们的生活的方式（不论政治家是否提出了'改革'的口号），才能让作家的激情和材料熔合成创作之火，把虚构的人物和故事融于真实生活的旋律之中。"

"小说家应该去写小说，把小说的解释权留给他人和未来。"

他郑重表明："我十分惶恐地拒绝接受'写改革'的头衔……我愿意把这些小说称作'思考小说'。"最后他说："我们唯一能够告慰读者的，大概就是'真实'。真实的世界，真实的困难，真实的人物，真实感情。尽管'真实'并不是总讨人喜欢的，我们也无法逃避它，只能正视它，聆听它的指引。有的奔放，有的细腻，有的近于粗野，但绝不是人工喷泉——'虽然赏心悦目，它的喷射却受另一个机关的操纵'。但愿有一天，我们的当代文学形成像自然的黄果树瀑布和尼亚加拉大瀑布那样的气势。"

蒋子龙笔耕不辍，"不论政治家是否提出了'改革'的口号"，都要坚持"作家的激情和材料熔合成创作之火，把虚构的人物和故事融于真实生活的旋律之中"。23年后，终以原来的中篇《燕赵悲歌》为滥觞成就长篇小说《农民帝国》——国民性劣根膨胀，财富观向主宰者异化，深刻犀利，新天国的悲剧啊，独出文坛！

《莫言之言》民间出书我挺!

陕人作家任建煜,为了弃"官样"文章、随心所欲写点实实在在的文字,半个多世纪以来,埋头"作家生活觅踪"的编著工程,成果多有。2012年莫言获"诺奖",他贴着心灵蘸着血泪读着、哭着、笑着,惊叹"莫言名字名不符实,莫言获奖名至实归"。

一年后,博观约取得20万言,《莫言之言》始成。他将打印稿寄我,我读后大加赞赏:民间选本百无禁忌,择其心声而选之,好书!便短信给他:"此书对普及莫言很有价值。"明知他的书都是自己掏腰包印制送人的,我还是加上一句:"建议抓紧联系出版。"

2014年初《莫言之言》自费出版,扉页是我的题词:

人文之言　诡谲奇崛
欣闻建煜先生莫言之言出版
　　　　　阎纲谨贺

任建煜在《后记》里说:"读者如能捧此书一册,便一定会从《莫言之言》中品出一些'诡谲'之味,听到一些'奇崛'之音,这或许对我们洞世察人、为人为文都有裨益。"

还摘录了我《关于色情描写》一文里的几句话:

《红高粱》里有个镜头:"我爷爷"把"我奶奶"抱到高粱地里,然后,"我奶奶"在踏倒的一片高粱地上一动不动地躺成一个血红的"大"字,"我爷爷"跪倒在"我奶奶"的脚下,极其虔诚,也一动不动,风刮得周围的高粱齐刷刷地弯腰。

什么也没有裸露,什么都表现出来;写"性",然而很美。不能排斥写性,但要艺术地写。难在揆情度理,把握"度"。

引言的旁边,配发了电影《红高粱》颠轿和高粱地两幅插图,很美。

但要补充说明,《红高粱》之后,莫言突破这个"度",写性肆无忌惮,不"美"也不"善"。

大言不言,莫言直言,作家的肺腑之言,经验之谈,你震惊,道可道,非常道,却也道出诡谲的真、憧憬之美。他认为:"真正民间的写作"就是"作为老百姓的写作",将自己的根深深地扎在生活的泥土中。

他年轻时就立下志愿:"黑色的土地承载万物,勤劳的人民淳朴善良,即便远隔千山万水,我也不能将你遗忘,只要我的生命不息，就会放声为你歌唱。"

真正了解老百姓的想法和痛苦，忘记你的级别和职称。

文学创作不但要超越阶级超越狭隘的党派政治，站在人类的高度，紧盯着人，贴着人写，而且要坚持不懈地探索"人的灵魂深处的奥秘"。

作家的个性，主要表现在独立的思想、独立的人格，必然使他在大多数情况下与体制处于对立状态。他不会也不应该依附于任何势力和集团。

我一直强调，真正的文学不是替天行道的工具，不是杀富济贫的利器，也不是鼓动穷人造反的宣传品。真正的文学，应该是超越了党派和阶级的狭隘，站在全人类的高度，用一种哲学的、宗教的超脱和宽容，居高临下地概括社会生活的本质，对人类精神进行分析和批判。

《红高粱家族》表现了我对历史和爱情的看法，《天堂蒜薹之歌》表现了我对政治的批判和对农民的同情，《酒国》表现了我对人类堕落的惋惜和对腐败官僚的痛恨。这三本书看起来迥然有别，但最深里的东西还是一样的，那就是一个被饿怕了的孩子对美好生活的向往。

莫言的脱颖而出，不但一新中国文学的面貌，而且说明中国的文学以思想的深刻和艺术的诡异步入世界之林，可以同历来仰视的世界文学平起平坐。诺奖给莫言的颁奖词足以证明世界文学的高地对于中国文学到底是"俯视"还是"平视"，甚或有些"仰视"：

"莫言是个诗人，他撕下了程式化的宣传海报，让个人在芸芸众生中凸显而出。莫言用讥讽和嘲弄的手法向历史及其谎言、向政治虚伪和被剥夺后的贫瘠发起攻击。他用戏弄和不加掩饰的快感，揭露了人类生活的最黑暗方面，在不经意间找到了有强烈象征意义的形象。"

读莫言，有所忆，我打开《王蒙自传》，找到莫言赠诗的手迹，占了一整页。

漫道当今无大师

请看矍铄王南皮

跳出官场鱼入海

笔扫千军如卷席

丁亥八月 晚生莫言打油赠 王蒙老师

是明志，是礼赞，在南皮人王蒙流年不利（九命七羊一颗心）的1987年，他赠王诗，王把赠诗的手迹收录并放大，《九命七羊》49页可见。

在《九命七羊》中，王蒙写故事也写灵魂，赤裸裸地透露了不少鲜为人知的事例，堪称"干货"！他说："尤其是在一些重要的关节点上，有些事情不说，就再也没有第二个人说了。"

又有所忆。新时期新潮逼人，大浪淘沙，尽管冯牧对《班主任》、《红高粱》以来的创作推崇备至，刘心武他们仍然要"跟我的老师分道扬镳"。2001年，在第二届冯牧文学奖发奖会上，莫言回忆说，他和冯牧见过三次面，第一次在1984年，冯牧讲课，"我们中的一些人很不高兴"。第二次，1985年，《透明的红萝卜》研讨会上，"冯牧先生很不高兴"。第三次，20世纪90年代到东莞参观访问，"这时的冯牧已经由一个威严的领导变成一个慈祥的老人"。——莫言之言，道出十多年来文学评论的一波三折。

对莫言的批评不绝于耳，言之凿凿、咄咄逼人；莫言的反击也不手软，据说"用力过猛"，冷静下来之后，又向论敌当面表示道歉。从古至今，哪个大师没有弱点啊！

若就全文看全人，莫言的童年非常悲惨，饥饿加上侮辱让他的性格变得执拗和怪诞，而生死的亲情却深深埋在心底。怪诞的性情遇上"斗斗斗"的荒诞世事，阴阴阳阳，神神秘秘，鬼鬼祟祟，杀杀砍砍，众生们吓得神经兮兮，异化、分裂、变态，怪力乱神的传奇故事便在地下流行，莫言沉浸其中。

若就全人看全文，往简单的说，我以为：一、有一个"饿怕了"的童年；二、有半辈子"斗怕了"的血光之灾；三、有"讲故事"（离奇古怪的故事）的天赋，三合一，锻造成一把钥匙，用这把钥匙，能够打开莫言艺术之宫的宫门。

长长的念，
慢慢想

爷爷在新文化面前败下阵来

我出生不久,父亲就将我们母子三人接到西安。父亲在陕西省民政厅做事,经常带领全家到被鲁迅誉为"古调独弹"的易俗社看戏。及长,又到父亲和张寒晖创建的话剧团看演出,从小痴迷音乐和戏曲,学谁像谁。

1938年,祖父已经从祖宗的老宅子迁入新居,新居坐落在阎家什字的斜坡上,大门口正对着北山覆斗型的昭陵,乡人叫它"唐王陵"。为了躲鬼子的炸弹,全家又从西安搬回礼泉。首先看见的,是倚在大门口不规则形的门礅石,是一块丑石,很不雅观。爷爷说,这石看上去丑,却是一宝,是天上掉下来给"唐王陵"照亮的,它的一小块请到咱家,给咱家守大门,半夜三更微微发光,妖怪害怕不敢来。

大房正厅的前面,是一排浅灰色高大的格子门窗,说不上雕梁画栋,却也十分考究。踏进格子门,看见角落里躺着一对"哑铃",是爷爷教余健身用过的。又发现厅房的西墙上还挂着爷爷教私塾体罚学生的"大板子"(戒尺),打手打屁股的板子高高挂起,像是展厅里的主展品。爷爷之所以把板子看得那么重要，因为那是他老人家的权柄，足可称道的光荣历史。修长而且厚重的板子尽管褪了色，木料却是上等的，三年困难时期，正好点火做饭当柴烧。可惜归可惜，要我当时，也会一咬牙把它塞进炉膛。

我又发现爷爷脑袋后面的"短刷刷"不见了。爷爷是前清顺民，又是本县里民局局长的二少爷，自然是以满人的长辫子为荣。曾祖去世后，爆发辛亥革命，陕西乱了一阵之后，又面临一场"留头不留发"的生死抉择。那时的革命，革来革去总拿头发开刀，留头不留发，留发不留头（到头来，"试看剃头者，人亦剃其头"）。头发，乃父母所授，清亡，首先需要荡涤的是前朝异族强加在头上的羞辱，恢复先人传统的发式。爷爷挡不住时代的潮流，咸与维新，先革辫子的命，剪！但不从根儿上剪，而是齐腰一剪子，后脑勺剩下一撮齐刷刷的短发，扎上，就像拨浪鼓似的一摇一动，俗称"猪尾巴"。这是爷爷一生中唯一的一次尽管不大彻底的革命。爷爷告我说，当时把辛亥革命叫"反正"，"拨乱世，反之正"。反者，还也；"反正"就是还政于正道，"正"也就是"政"。所以，五十多年后粉碎"四人帮"，中国"拨乱反正"，批判"两个凡是"，我马上想起爷爷版的《头发的故事》。

大房前庭的屋檐下，青石铺成台阶，阶下两侧，各有一棵年年疯长的梧桐树，爷爷说："家有梧桐招凤凰。"大哥后来说："可别招来'假凤虚凰'（1940年代电影名）！"孩子们常在梧桐树下玩耍，捡桐籽吃。爷爷以下我们四代人，都在这高高的梧桐树下渐渐长大。困难时期两棵梧桐树粉身碎骨，只留下记忆的清荫。

大房东头一间住着父母，西头一间只住着祖母一个人，老两口不和，奶奶爷爷谁不理谁，奶奶一不高兴，挎上包袱去姑姑家了。父亲早出晚归，祖母常不在家，大房虽清静却凄清。祖母去世后的第二年姑姑去世，表妹、妹妹、侄女一群女子娃住进西头一间，闹声不绝于耳。大房前两边空地上，是两棵直挺挺高耸的梧桐树。西厢房后来住着大哥两口子，东厢房招客，我和爷爷住在西厢房与二门间的耳房，爷爷幽默，童言无忌，欢声笑语，我常说："我和爷爷是一对好朋友。"

大房以北是后院，后院上面是坡地，栽些杂花小树，种些葱蒜瓜豆。坡下一块空地晒太阳、晾被褥。常年置放着一张炕桌，孩子们在上面做功课、练大字，爷爷给人查皇历、打婚单、算生辰八字。

按礼泉习俗，男女十多岁、山区七八岁，相亲定亲，报生辰，看属相，议定财礼，写成"合婚书"，通过"下帖"等形式确定婚姻关系。女方请人给女儿"开脸"，上坟祭祖，吃"离娘饭"。完婚过事，爷爷当作贵宾请去吃"筵席"。爷爷叫我一起去，这一天也成了我的盛大节日。什么"鱿鱼海参席"、"七筒八柱席"，席上的"甜盘子"煞是好吃。我最看不惯客人坐席时抢着给自己馍里夹肉（俗称"肉夹夹"），然后掏出脏兮分的手帕小心翼翼地包上，捅进弹嫌太窄的袖筒里预备带回家让孩子们去争抢、去解馋。

写"婚单"，老格式，打头的话总是"天地氤氲，万物化醇，男女构精，万物化生"云云。农村人不识字，写好写坏没人问，只要是红纸黑字写出来的，管它笔力老嫩、功夫深浅！所以，爷爷敢于放手叫我代书，我也就高兴地答应了，看上去不成样子，爷爷却表示满意，违心地说"稀样！"这之于我，是莫大的鼓励。

自此之后，不用人催，我认真练起字来，正好，家里曾祖父的干亲宋伯鲁（参与戊戌变法颇有胆识的实力派人物）留下不少赠贺的字画和对联。还挂着两副绝好对联："铁肩担道义，辣手著文章"，"颜鲁公书力透纸，吴道之画意在笔"。我开始临摹碑帖《颜鲁公多宝塔碑》和《柳公权玄秘塔碑》。乡人说："先学欧，后学柳，然后才学宋伯鲁。"后来到西安上初中，对标准草圣、辛亥革命的元老于右任爱得发疯，一写就是一墙。

西厢房门前的院井中，有一株盛开的玫瑰花。母亲白袄大襟衫，黑布裤子，直贡呢鞋，满面春风，站在阶前观赏满院飘香的玫瑰花。五月的庭院里，总能看见母亲洁净的身影，她细心地采摘含苞待放的玫瑰，不由人想起戏台上天女散花。母亲将花瓣儿收入大口颈的瓶子，然后，一层花瓣铺一层红糖进行腌制，一月后打开瓶盖，香气四溢。腌制好的玫瑰，用来包玫瑰香包子，熬煮玫瑰香稀饭，存放一年不会坏。在我们兄妹的眼里，母亲永远那么慈祥，那么善良，那么美，那么雅气，永远定格在儿女们的记忆里。

二门以外是前院，靠门墙不远有棵枣树，长到三米左右，横向发展，枝叶茂盛，形成一个圆弧状。"娃娃头"的我，每每穿过树下，总要蹦跳几下够够高，炫耀自己的个头。我是我们家个子最高的人，怕也是阎氏家族个头最高的。在中国作协五七干校时，女同志挂蚊帐总是求我，说："阎纲，借你个个儿吧！"我一生以个儿高为荣，所谓"站得高，看得远"。其实不然，"文革"时坐喷气式，上下午两个单元，个儿越高腰越疼。现在我弄明白了，长寿者，矮子居多。

前院除了枣树，另有香椿树、石榴树，还有玉簪花、单片花和喇叭花，后来引进"番茄"，也叫洋柿子，即今之西红柿。大哥是头一个敢吃"番茄"的勇者，我们兄妹各尝了一口，都怀疑里面有毒。香椿也是最鲜的菜，特别是带露的香椿或细雨中的嫩椿芽，滚水中一焯，打个鸡蛋一炒，香气直喷鼻翼。（可惜了，当大家知道香椿是上好的东西时，困难时期开始，香椿树当作灶下的燃料锯成一截一截木材）秋天，果子熟了，特别遇到深秋的一场淋雨，有意留着不摘的大红枣儿熟得深透，裂开细长的缝隙，脆得要碎，孩子们终于等着了，便推选一个"崇公道"（《女起解》人物）上树打枣。冬天到了，我们将一个个硕大的石榴用棉絮包紧，单等一场大雪。大雪染白了园子里的一切，树木在雪压下冠盖低垂，只有到了这时，石榴才裂开笑脸，露出一行行红里透黑的牙齿，晶莹闪亮，笑傲寒风。儿童团们坐在热炕上吃石榴，别有一番风味。我吃石榴，连籽儿一齐下肚，吃葡萄也是一样，一生囫囵吞咽的习惯就是这时养成的。春天到了，群莺乱飞，采花捕蝶，一群孩子跟着我这个娃娃头瞎闹腾。我悄悄把一只蜜蜂当作玩物递到表妹的手里，让她当成果子握住不放时，哎呀一声，手背肿成个胖油糕，大哭不止。后来长大，我自觉羞愧，为这桩恶作剧痛悔不已。我比表妹大，为什么要欺侮一个寄养舅家没妈的娃呢？

往往在我们玩得最痛快的时候，爷爷的扫地笤帚已经伸到脚下，猛地突袭你的大腿根儿："蹄子！蹄子！"

爷爷生性耿直而好洁成癖，整天扫个不停，炕上收拾得干干净净，尿盆擦得贼光锃亮。我想，人家南方木头做的大马桶涮干净了可以放在房间里，爷爷一个小小的瓷盆难道比马桶还"脏"？

爷爷爱吃夜食。天色向晚，爷爷照例出前院把头门关上，把二门关上，然后从后屋巡视到前屋，一句一句地叮嘱那8个字："小心灯火！谨慎门户！"然后叫我脱衣上炕，爷孙俩合盖一床被窝，聊不多会儿，快吹灯睡觉了，喊"嫂子！嫂子！"要吃的，然后爷孙俩趴到炕沿上吃凉面。私塾不办了，师生的情谊没有断，逢年过节，总有学生提上吃货孝敬先生，这些吃货，都成了爷爷和我炕边上丰美的宵夜。

我跟爷爷吃尽了家常便饭和风味小吃，爷爷和大嫂培养了我的口味，这口味具有巨大的排他性，到老不变，即便是南北大菜也不解馋。我最馋的饭食吃货计有：浇汤烙面、羊肉泡馍、羊肉包子、辣子蒜羊血、搅团鱼鱼、油泼辣子彪彪（谐音）面、新媳妇的响镯面……家乡味美呀！

爷爷不语神力怪乱，但是乐善好施，常常给人解忧劝架，什么"与人方便，自己方便"、"善有善报，恶有恶报，不是不报，时候未到，前世不报后世报"。爷爷行善做好事，我一一看在眼里，潜移默化，深深地印在心里。

爷爷对我的教育，基本上是开蒙读物的一套，教材就是他教私塾时烂熟于心的《三字经》、《千字文》、《百家姓》、《颜氏家训》等。爷爷说："初入社会8岁以下者，先读《三字经》以习见闻，读《百家姓》以便日用，读《千字文》以明义理。"无非什么"人之初，性本善"、"昔孟母，择邻处，子不学，断机杼"、"头悬梁，锥刺股"、"勤有功，戏无益"、"苟不学，曷为人"、"幼而学，壮而行，上致君，下泽民，扬名声，显父母，光于前，裕于后"、"幼不学，老何为。玉不琢，不成器；人不学，不知义"、"三纲者，君臣义，父子亲，夫妇顺"。无非君君臣臣，父父子子，忠节孝义，孝悌忠信，重伦理，重亲情，重然诺，亲密和谐，恬静和美，与世无争。

爷爷把教与爱结合起来，对我进行儒家的家庭教育，灌输孔孟的治国之道。"国之本在家"，古老的中国向来是"家族本位"，中华文化从家族观念筑起同时被家族观念所笼罩，所有的人间关系都可以家庭化，尽孝必能尽忠，历代王朝以孝治天下，因而有"君父"、"臣子"、"父母官"、"子民"、"师父"、"学子"等家国一体、政亲合一、政治伦理化之美称。整个社会俨然一个大家族。在家当人子，入仕做人臣，忠孝两全。做私塾教师的爷爷，以为这是他所给予后代的最为珍贵的精神遗产。

老家的大门前，是一条自北向东而上的大车路，所谓"大车"，就是旧时农村与手推车、独轮车并存的骡马牛拉的铁轮（铁皮包轮）大车，它是农村最值钱的运输工具，实用但笨重，上坡时最艰难，不是狠抽套车的高脚牲口，就是停下来一个劲地给两个车轴膏油。

这条土路，遇上下雨，沟深路滑，我小时看见粮车上坡时，牛屁股不知要挨多少下杠子，"挣死牛！"一个个顽强挣扎的镜头闪过再闪过。

大门外顺斜坡而下，在阎家老屋前拐弯的这条大车路，正好歪歪斜斜躺在卧牛形的礼泉县城低着脑袋的牛脖子上，一直通向西北门外横跨陕甘两省的西兰公路，只要不舍昼夜，一直可以将车赶到"甘省"，将牲口吆喝进兰州城门。

西兰公路上过汽车，老婆娃娃跑去看热闹，正好车子坏在坡坡上，一伙人上前推车，生于前清末年的爷爷幽了一个默："什么'牛皮不是吹的，汽车不是推的'？你不推它动弹得了吗？"

我每天步出大门，就看见远北方向高耸入云的九嵕山，巍巍乎伟哉，那就是伴有"昭陵六骏"的唐太宗"唐王陵"。只要我出得家门，必须面对这条泥泞的坡道。东行约百米，有一座巧小高耸的"庙庙"，匾额高悬："文昌阁"。遗憾的是，城区向南扩展，这条土路沧桑百年依旧，迟到90年代才被柏油所覆盖，"庙庙"同时期坍塌，一堆废墟至今瘫卧在那里。这条土路和古旧的小庙都是历史的缩影，从中可见阎姓一条街的经济何等滞后。

我常常坐在大门外的石礅上看送粮的车马怎样使劲地拉车上坡，看着看着心疼起被狠狠鞭打的牲口来了。我常常冒雨在大门口看雨水怎样从门前斜坡上顺着车路渠缓缓流下，幻想那是一条小河，河中有鱼儿，鱼儿有家族。我也常常凝神观望坡坡下拐弯处一群晒太阳的街民们，自己身上也暖洋洋的。

抗日战争爆发，新文化的传播和渗透，渐渐地，让爷爷觉察到自己的教育路线不那么管用了，但是，肚子里尚存有识字课本和传统美德，还有人情世故和一大堆笑话向我传授，教我"出必告，反必面"，"人勤地不懒"，敬惜字纸，"礼之用，和为贵"，客人不动筷自己不动，夹完菜即刻放下筷子，"坐如钟、行如风、卧如弓"。但是他自己不在意的时候，我可以十分的不恭，睡觉时胡翻乱滚，常常将一双大腿搭在爷爷的肚皮上，爷爷忍着，怕惊醒我，也顾不得什么"卧如弓"了。一次，我双手执箸拿他刚剃的光头当鞭鼓敲，爷爷大怒，声色俱厉，不依不饶,爷爷不情愿自己绝对家长的地位就此屈辱地结束。

家乡的解放,解放区文艺暴风雨般的冲击,《延安文艺座谈会上的讲话》被我奉为圣典,庆幸自己成为一名文艺工作者"为工农兵服务",一头栽进群众文艺活动的热潮中,创作、教唱、导演、伴奏,乐此不疲。当爷爷发现我看的戏比他多,知道的历史故事比他多时,一面赞叹现在的孩子越来越灵性、理解力越来越强,一面惊叹新文化大潮之不可抗拒,他的私塾教育败下阵来。爷爷有自知之明,绝不固守传统,而是改变方针,旧学新用,口中念念有词,说什么:"'上智不教而成,下愚虽教无益,中庸之人,不教不知也。'这娃从小看大,'彼颖悟,人称奇',不教而成。"从此以后,他再不向我像念经一样絮絮叨叨地子曰、书云、古人说,充其量给我解词、认生字,如什么是"彰明昭著"、"云从龙,风从虎,圣人作而万物睹"、"苟日新,日日新,又日新"、"天下没有不是的父母"、"孝子深甚是道","差尺"、"错位"、"翻仰"、"碎娃"、"肮脏"、"龉龊"、"麻搭"、"麻迷"、"麻缠"、"瞀乱(心烦意乱)"、"弹嫌"、"遇合"、"木讷"、"怯生"、"拉扯"、"伺候"、"生分"、"轻狂"、"睥睨"、"骚情"、"耍货"、"冷娃"、"前儿"、"夜儿"、"今儿"、"先后(妯娌)"、"调和面儿(五香粉)"等等。

〔此类土语实则汉代都城(西安一带)的"雅语",或其后以首都西安一带为标准流行全国的普通话,对我说来是到手

的宝贝。同时，我背诵戏曲唱词，又在乡下搜集活在大众口头的语言，受用不尽。这是后话。］

爷爷大势去矣！

"大跃进"、大饥荒，家道衰微，爷爷帮助母亲支撑着一大家子，苦度岁月，要么逗人发笑，要么从早到晚扫地扫个不停，十足的乐天派。入夜，爷爷照例出去把头门关上，问问还有谁去前院上茅房，然后把二门关上，接着，从后屋巡视到前屋，"小心灯火——谨慎门户——！"

第二天一大早，照例打开头门扫大门口，然后在他坐了一辈子的门磴石上喘口气，看人挑担、牛拉车。

爷爷晚年，经常端着烟蒲满到斜对面一个角落说笑晒太阳，却不和别人一样端上大老碗边吃边聊。叫他吃饭，我照例亮着嗓子喊一声"爷——吃饭！"远远看见老人家慢悠悠地站起身来，拍打屁股上的灰土，半天，才直起腰来，缓缓地向我走来。

爷爷老了，我长大了。我已经在参与筹建的县文化馆、县文联做事，每月给家里送薪水——从粮库领回七斗小麦。一个老了，一个大了，共同语言少了，渐渐地疏远"老朋友"。

爷爷仍然在坡坡底下的墙角下晒太阳，或者坐在大门口那块不成形的门磴石上看牛拉车上坡，暗暗给牛使劲儿。我每每吃完午饭上班出大门的时候，爷爷总是挡住我的去路，要跟我说话，我不耐烦，有时态度生硬，爷爷立刻改变腔调说："那你忙去！忙你的去！"我不难为情，反倒有一种挣脱感。

正是这条路，我踩着它到县城中心的城隍庙上小学，到南关文庙的昭陵中学上初中，到城隍庙改建的县文化馆、县文联上班，到西安上高中，参加解放军宣传队搞宣传，到兰州上大学，到北京中国作家协会和中国文化部编刊物、办报纸。在这条大车路上，我度过了礼泉家乡的13年，塑造了一个算得上"书香门第"出身的"陕西冷娃"。不管风云突变"军阀重开战"，也不管怎样被"运动"斗得散了架，"冷娃"脾气不改，福耶？祸耶？

爷爷1952年脑溢血去世，终年七十。

爷爷去世，我伤心不已。我又听见爷爷在说："那你忙去！忙你的去！"那无奈的眼神，一直望着我，叫我的灵魂永不安宁。

一首童谣在耳边回响，是老舍小时候坐在门礅石上百唱不厌的歌："小小子儿，坐门礅儿，哭着喊着要媳妇儿。要媳妇干吗？点灯，说话儿，吹灯做伴儿。"

那块门礅石还在，八九十年了，阅尽老家大门口里里外外的风风雨雨。

父亲喜唱《卿云歌》

1992 年,猴年,我的本命年。小时候叼着妈妈的奶头不放,妈亲昵地推揉着:"多大的娃了,还……"转眼 60 周岁。

2008 年 8 月,76 岁生日,适逢北京奥运会燃起圣火,声光化电,火树银花,上万人的体艺表演,力与技的极限竞赛,煞是好看,我却回望一生,眷恋故土。

人活多少是个够?但愿人长久,多活一天是一天,丢不下这个世事嘛!

瞿秋白 36,李大钊 38,名重如孙文 59,德劭如鲁迅 54,舜曷人耶,余曷人耶,却苟活于今。

活着,就是人生;人生,靠精神活着。

活着就要报效社会,感恩父母。

所幸家父尚在,年近九旬,孑然一身,自炊独处,予心不安。

福利分房,我将老父接到京城。老父在堂,晨昏定省,朝夕陪伴,推轮椅拔牙镶牙,接电源开电视播放秦腔,说话儿、解闷儿,照例的一日三餐,买菜做饭,洗衣洗脚,扫地擦桌子,提壶倒垃圾,全方位的侍奉,集女儿、保姆、大少爷、小跑腿的职能于一身。我也吃惊：这么多的角色我竟然扮得有模有样儿，自己几十年形成的生活习惯瞬间打得粉碎。我自己吃饭简单，只要有面食和辣椒就行，但给父亲的饭食必须清淡多样。我自己不爱洗洗涮涮，但每天晚上十点钟必须把水温适度的烫脚水恭恭敬敬地放置在电视机对面的父亲脚下；我再忙、再累，也要记着沏茶倒水，在父亲烫完脚后立即将水端走倒掉，等电视机屏幕出现"再见"二字时将电视机关掉扶老人上床。

父亲的起居饮食有章法，休息、娱乐、学习搭配得当，吃饭不过量，处事不过头，不偏不倚，中庸之道，不惹是生非，善有善报。这也许是他长寿的秘诀。

父亲一只眼睛几近失明，另一只视力仅仅 0.02，但是读书看报，一只手捧起"砖头"，另一只手执放大镜，将32万字的《雍正皇帝》齐齐扫了一遍。他还时不时地写点什么。一天，收拾他的小屋，一组文章映入眼帘：《说戏迷》、《演出遇险记》、《巡回演出记盛》等，记述当年在西安同秦腔名角友好交往的轶闻趣事，同《松花江上》作者张寒晖组建"西京铁血话剧团"进行抗日演出的种种活动。

父亲是"五四"运动后将话剧舞台艺术引进陕西的第一人，是我们礼泉县人所共知的文化人。父亲不迷信、不拜佛、不信教，不语怪力乱神之事。他大谈富国之道和健身之道，现身说法，论证富国之道在于改革开放，健身之道在于身心运动，心广才能体胖。"胖"不当肥胖讲，心广体胖之"胖"者安泰舒适之谓也。不管一天多忙，对他说来，出门溜达个大半天和端起饭碗吃两顿饭同等重要。他教导我们"忠于社会，孝敬父母"，提醒我们"孔夫子要继承，但孔夫子的孝道和妇道要打折扣。你们要经邦济世、与人为善、好事多做，不因一家之小而忘一国之大"。

新社会保健条件好，他要在短命的阎姓家族创长寿的纪录，从而以血肉之躯证明"心广体胖"、"生命在于运动"的道理。他以为"死"是个遥远的话题，到时候不与活人争地，火化升天，飘飘欲仙，鼓盆而歌，移风易俗，保全人生的品格，何况自己还是县里的政协委员。

果不其然，父亲死了，丧事办完了，在四邻八乡留下一个世纪老人的完整形象；父亲死了，丧事办完了，结束了我们大家族一个新旧交替的时代。

回到礼泉奔丧，从气氛到气候出奇的冷，冷冷清清，天寒地冻，透心儿凉，白天手不敢伸出来，整个一宿脚腿冰凉，我躺在父亲的硬板床上像是王祥卧冰。在北京时，一个老汉服侍另一个老汉，当儿子又当孩子，晨昏侍奉，作老莱子彩衣娱亲状，倒也活得自在。北京当老莱子，回乡当王祥，始知"二十四孝"之不易。我卧冰，父亲几十年在这里卧冰，礼泉人包括小时候的我都在这里卧冰，大家不都好好地活过来了吗！可是此刻，我实实在在觉得很冷很冷。可怜的父亲，怎么度过生命最后的一刻？你水米不进，辗转反侧，起来坐下，坐下起来，不声唤，不喊疼，神情恍惚，憧憬另一个世界亲人重逢的欢乐景象。

父亲生性平和，喜爱文艺，热心公益，宁肯吃亏也不抗争。他的人生哲学是"善"，处世哲学是"忍"，行为方式是"和"。人家是"小不忍则乱大谋"，他是"忍"字头上一把刀，一辈子没有跟人吵过嘴、打过架。他的这套律己箴言，加上母亲勤俭持家与更为和善的行为准则相得益彰，融汇而成我家的家教家风。父亲不斥责人，也不习惯堂前训喻，因此，对我等一脉相传甘愿接受家教家风的约束表示满意，但是对我在运动中一忍、再忍、忍无可忍，或咆哮公堂，或打笔墨官司鸡蛋碰石头颇不为然，即便反抗有效，也不赏识。在父亲看来，天人合一，天下为公，人们生活的这个世界，是个谁也离不开谁的统一体，所以人和人要相亲相爱，多行善事。他是"性善"论者，认为以善戮恶不如以善制恶、以善化恶，尽可能避免以牙还牙，万万不可结下世仇；既然人性善，那么，人与生俱来的天良终归会被自己发现，到头来善恶必报，得以善终。他认为，国民党之所以不能长久，根本原因就是作恶多端，贪腐就是自杀，共产党之所以力克腐败，其原因是腐败乃政党之恶根。他认为国家领导人说"多给群众办实事"说得好，唯善，得人心、得天下。他在县上做政协委员时走街串巷，大会小会不厌其烦，建议尽快修建环城公路，解决群众行路难这一最为迫切的困难，县上的人都知道，阎老先生积德行善，三句话不离修桥补路。

返回北京后，空空荡荡，总觉着父亲还在小屋里正襟危坐，大睁视力加起来只有 0.5 的双眼，手执放大镜，像在地上寻找绣花针一样地读书看报。我不由自主地走上前去向他请教学问，问他"日出而作，日入而息，凿井而饮，耕田而食"后面一句是什么时，他顿时兴奋起来，说："'帝何力于我哉！'也有人读作'帝力于我何有哉'，是谬读。孔子曰'七十，从心，所欲不逾矩'，但人们句读错了，断成'从心所欲，不逾矩'。"说他从小喜欢《击壤歌》，喜欢得不得了；稍长，更喜爱光焰万丈的《卿云歌》，尤其是最后四句"夔乎鼓之，轩乎舞之。菁华已竭，褰裳去之"。尧舜让国，祥云万里啊！他解释说，1922 年，大总统徐世昌定《卿云歌》为中华民国国歌，仅四句："卿云烂兮，纠缦缦兮，日月光华，旦复旦兮。"万众习唱。刘大白创作的复旦大学校歌也本乎"卿云精神"："复旦复旦旦复旦，巍巍学府文章焕，学术独立思想自由，政罗教网无羁绊，向前，向前，向前进展，复旦复旦旦复旦，日月光华同灿烂！"

摇头晃脑吟诵已毕，室内荡起父亲平时少有的爽朗笑声。

一次，他给我念了张学良接受采访时的一段谈话。张学良说："夫子之道，忠恕而已。日本人有'忠'，但无'恕'。人应该原谅人、体贴人。这是我的脾气。"张氏此言，父亲激赞不已。

还有一事让人感动。父亲的大学教授堂弟、我的叔叔阎景翰，将近七十，仍然过着旷夫般凄惶的日子。十多年前，婶婶半身不遂，卧床不起，叔父端屎倒尿，床笫守候，年复一年，岁月催人老。一天，父亲要我给叔父的女儿、儿子，我的弟弟、妹妹写信，让他们着即准备给父母办理离婚手续，说"此事甚急，万勿延误，造成终生恨事"。"一个活人，从四十多岁到六七十岁，过着不是人的日子，这不合人的本性。我是哥哥，趁我还活着，就得管管。新社会了，儿女们会替父母着想，病人照样能够得到精心的护理。"父亲当时很动情，说起话来嘴唇直打哆嗦。这件事，我什么时候想起来什么时候感动。父亲身上，儒家的忠恕、佛家的诚善和墨家的兼爱兼而有之，缺少道家的空灵和庄子的才分，他把"文质彬彬然后君子"、道德文章琴瑟和谐的希望寄托于后辈子孙。他代表一个时代、一个家庭，一段历史、一个过程，在他的主持下，这个家庭顺乎潮流，跟上时代的脚步。

此刻，出奇的空旷，父亲又出现在电视机前，摇头晃脑、击掌打拍子悠然自得，步履蹒跚的身影还像以前那样在我眼前慢慢地、轻轻地移动，目光里充满着述说不尽又无从述说的情义无限。"该吃饭了！""还不休息？"一天到晚平平常常的两句话，对父亲来说，是诗，对我来说，也是诗，是天机自动，是天籁自鸣，是只有我一个人才能读懂的、永远在这套房间里回荡、永不消失的父亲的歌、父母亲的吻。

人去楼空，音容宛在。

父亲死了，寿终正寝，家史的一页掀过去了，上接的一代断裂了，一个人所标志的时代终结了，从此，一个大家族彻底解体了。作为人子，不理解形而上的父爱就是不理解传统，就不会形而下地以父爱爱子。现在，一大家人分而居之，天南地北，多少年难得一见，各有各的家，各有各的一套，田园牧歌式的、宗法森严的"四世同堂"早已成为历史的陈迹。所以，父亲对于儿子的儿子和儿子的儿子的儿子，即第三代、第四代或者第五代的影响，只能通过我们儿子一代即第二代发生作用。文明社会家庭嬗变兄弟"单过"的走势，使得族权象征的老爷爷的形象在各自为政的诸侯国里迅速淡化。在第二代兄弟姐妹之间，老人不过是维系孝悌忠信的一条似无却有的纽带；对第三代、第四代、第五代来说，老人只是个抽象的符号。所以，尽管子子孙孙绵延不绝，属于他老人家这一血脉的大大小小竟有好几十口子，可是，叫谁来侍奉堂前都不可能，非不为也，实不能也，不是不情愿，而是动不了。寿星老儿感到孤独，成了飘零者、多余的人。老人越是长寿，按世俗的说法越是有福，本人之福、子孙之福；然而，老人越是有福，越感到寂寞，新生代越觉得陌生。所以，老人升天，纽带中断，象征消失，大家庭解体，接下来的，是大哥和我，在子子孙孙、孙孙子子、传宗接代、生生不息的各路诸侯之间继续充当族权的象征和亲情的纽带。寂然，凄然，但未必不是社会的进步。

　　我决定搬进父亲住过的这间小屋，我现在已经躺在父亲睡过的木板床上。我尽量做着同父亲一样的梦，潜心体验作为人祖的老人一生的情味和他弥留期间复杂的心态，继续坚守自己的诺言:"人活着靠精神,人死了留下精神,人死也要死得有精神。"在我离开这个世界的时候,不辱父教,恪守家风,也像父亲一样不与人间争地,不给后代添麻烦。我,一介书生,身无长物,没有给儿孙留下什么,也不想叫他们为我奉献什么,再难受、再痛苦,也不哼哼、不声唤,免得儿孙们看见难过,眼睛一闭,走人,任事不知,灰飞烟灭,骨灰也不留。"儿孙自有儿孙福",该干什么干什么,死了拉倒,有你没你一个样,就像父亲他老人家临终时泰然处之,让床边的后辈们自个儿去琢磨、去理解的那样。

可怜的父亲,越是长寿,越有零落之感,可是,谁也没有多嫌过他。在这个喧嚣的大家族中,他孤独,然而,"吾道不孤",他已经十二万分的满意。

孤魂无主——老家的孔乙己

阎姓聚族而居,远房的伯父不少,但三伯生性怪异,涉世传奇,全身都有戏,生前,我恨他,死后,又想他。

三伯从小喜爱读书,据闻,四书五经"可以通背",之乎者也烂熟于心,肚里有文墨,算得上本姓大族里不大不小的一个文人。后来抽大烟(吸食鸦片)成瘾,没有赶考,自甘堕落。

三伯的老屋在祖宅的正院,作为老大的一支,庄基阔大,屋舍俨然。他把祖上留下的家业卖个精光。

三伯变卖房地产的办法很特殊,今天拆几根椽,明天拆几条檩,卖了钱便买大烟棒子。大烟棒子是把生土熬熟以后,用小片粽叶包起来,一小团拧一个棒子,酷似现在的水果糖。那时,醴泉县城(1950年代改为"礼泉县",唐昭陵雄踞县城北山)有烟馆,上街拐弯就到,三伯是那里的常客。一份家产全让他"抽"光了。落魄之后,每天只须一两个棒子即可过瘾,但愧无分银,一狠心,拿媳妇换了几两"生土",媳妇哭哭啼啼,连人带娃,硬让人贩子给领走了。

房舍、庄基、老婆、孩子,全卖了,无立锥之地,他便在家族各个支系的公用粪场，搭造起一座简易的屋，大不过半间。他不做庄稼，不养牲畜，无粪土可堆，在粪场占据粪堆大的一块地方安身，于情于理都说得通，所以无人过问。门外是林立的粪堆，人来人往，群蝇乱飞，窗小，门狭，屋檐低矮，你想进房门，焉敢不低头！三伯蜗居其中。

这半间小"窝"，面西，屋后紧贴糖坊大院，大院的门墙向阳，避风，每到冬天，老人聚集在这里晒太阳。从上午十点到下午五点，人们懒洋洋地蹲靠在墙角，说长毛造反、西太后西逃，说袁大头登基、张勋复辟和孙大炮二次革命，谁家媳妇孝顺、儿子听话，谁家婆媳又上演《小姑贤》。有人脱掉上衣捉虱子，有人在砖墙上蹭痒痒。午饭时分，儿子或媳妇给老人把饭端来，那碗大得像小盆儿，吃一碗就饱得打嗝。老人们以能在这里安全过冬为幸事，大白天不必回家。我爷爷是私塾先生，教书育人，老年爱说笑，是这伙哥们儿的核心人物，但是爷爷不愿意蹲在墙角吃饭。不论是门前污浊的粪场还是南侧热闹的老年活动中心，这一切的一切，都与独来独往的三伯无关。

三伯谋生了，在半间瓦房的门外挂了个"代写文书"的牌子，从此有了"阎代书"的称谓。

阎代书没有早晨。从凌晨三点到午前十一点，是他最香甜的睡觉时间。十一点前后起床，躬着腰从窝里走出，低头，背手，迈方步，穿过柴市，上了大街。先到"一窝鳖"要一竹碟羊肉包子，要么到馆子吃上一碗红肉码子，然后，"刘二茶馆"

落座，边品茗，边招揽生意。这时，总有乡下人向他拢来，这个要写一张地契，那个要写一份诉状。他不慌不忙，点头应允，不紧不慢，继续喝茶，直到喝足歇够才起身，求他的人尾随其后。三伯途经柴市，在烟馆买好棒子，回到小屋，先过瘾，过足了瘾，然后像医生叫号一样，按先来后到依次靠近炕桌，挨个儿给他们代书。三伯一天最为繁忙的时刻开始了。

写一张诉状或地契，没有规定的价钱，但来人留下钱财才肯离开。三伯从来不跟人争多嫌少，给多少收多少。整钱放在炕桌的抽斗里——土炕超大，炕桌也不小，是他的书案，是屋里唯一的家具，小钱装在衣袋里。接着便听下一个来人说道，聚精会神，问问答答，提笔，舔墨，刷——刷——刷，无论长短，一挥而就。干这一行，礼泉县城他是独一份，因而，收可抵出。不过，这些钱全用在吃喝开销上，极少数购买笔墨纸张，大多换了大烟棒子。正由于他做的是独门生意，一桩案子要是有两家原告的话，两家原告都会来找他，他都应承下来，而且把两张状子写得全都在理，因了这一点，有人背后议论他，骂他是"黑心代书"，他不管这些，打官司嘛，或输或赢，全靠各人的本领和门路，与他代书有什么相干！我收的，是代书该收的，多少由你，你我心安理得。

除了诉状、地契，他还写书信、分约、婚单、对联以至"天荒荒，地黄黄，我家有个夜哭郎"。他精通农村一切应用文，靠一支秃笔换钱，有饭吃，有衣穿，有烟抽，倒也自由自在。

打发走一群来人，三伯感到疲累，从床上搬下矮桌，摆好烟盘，再足足过上一把烟瘾。此刻，日近黄昏，对门祖宅的台阶上下已经聚拢了嬉戏扯闲的人，他也躬身其中。孩子们要他讲包公、济公，他不拒绝，而且加添上施公，绘声绘色没个完，直到天黑，可惜，没有茴香豆送给孩子们："多乎哉、不多也！"

入夜，被本家一座座粪堆包围起来的小小瓦屋安静极了，静得有些恐怖，粪堆刹那间变成坟堆！夜无月，漆黑可怕，月光如水，阴森可怕，但是三伯不怕，好像只有这时候才好使他进入神游的最佳境界。他睡得很晚很晚，一盏小油灯常常亮到凌晨甚至鸡叫三遍。他在小屋里做什么呢？人们说不清楚。有人说他挑灯夜读，有人说他心系国难，有人说他借酒浇愁，总而言之，此时的三伯回归到文人的本真，难怪他特别适应甚至期盼着夜幕降临后这种死尸般瘆人的寂静。睡得晚也就起得晚，他的生活里只有夜晚和晚半晌儿，没有前半晌儿。即便是大年初一，也要睡到大晌午。我们家族有个不成文的规则，大年初一一大早，家族四个支系的男男女女，分性别排好长长的队伍磕头拜年，拜祖先的灵位和活着的长辈。队伍经过粪场，三伯尚在梦中，只好在他的窗外跪下磕头。尤其是年轻媳妇们，对他十二分的尊敬，一边下拜，一边对着窗里挑衅地喊："三伯，给你拜年咧！"她们故意把嗓子扯得很高。他被吵醒了，想起今天大年初一，便翻了一个身，在床上懒懒地应道："磕吧！

磕了搁在窗台上！"一阵笑声渐渐远去。妯娌来拜年，在他房外喊："三哥，给你磕头了！"他仍未起床，照样对着门窗说："磕吧，磕吧，磕了搁在窗台上！"窗外说："快吃饭了，你还不起来？"他说："正安零件呢，安好了就起！"族里的长者听了这话，不高兴，长叹息："他白领了族人的跪拜，祖先何曾领受过他一个头呢！"

话虽这么说，全族的男女老少，没有一个人讨厌他，没一个人反对他的。不知人们是不屑讨厌他、反对他呢，还是不敢讨厌他、反对他。冬天来了，他要烧炕，自己不耕不种，没柴没草，又懒于捡拾，便随手提上个粪笼，找到柴火堆就动手，扯呀扯，塞呀塞，塞满后大大方方走开，无人干涉，无人计较。

就这样，在这半间瓦房里，三伯度过了15年的日日夜夜，到了第16年，一个突然，儿子笃笃从外省远远地跑回家来，年方一十七八。年轻的小伙子不显身份，在整条街上来回乱窜，暗中打问，最后在父亲最繁忙紧张的时刻，绕过粪场，推门走进半间瓦屋。屋内有人一字排开，挤在东墙的墙根，娃也不声不响地蹲在队尾。等人们一个个离开后，父亲以为这年轻人也是求他写诉状什么的，抬头便问："你是啥事？先口诉吧！"孩子扑通一声跪倒在地，连呼亲爹，热泪盈眶。

笃笃从母亲口里知道了自己的身世，不愿寄人篱下，决心千里寻父，身背母亲准备的干粮，空着两只手，跋山涉水，返回礼泉城关阎家什字。他哪料到父亲竟然蜷缩在巴掌大的小屋里，不觉悲从中来，一腔怨怼顿时化为怜父之情。

三伯老泪纵横，16年来，他何曾如此伤心过！

笃笃大我4岁，我叫他"笃娃哥"。那时的我，正陶醉在街道的自乐班里，说唱念打，愉悦乡民。一次，自乐班在我家演练，笃娃来看热闹。16年来，笃娃哪里见识过此等兴高采烈的场面？他沉迷其中，开始惊喜，继而发呆。大家心疼他，本家的娃嘛，可怜家的，让吃让喝让拿，"叫娃下回再来！"

凭着是刘二的老顾主，三伯给儿子在茶铺找到一份苦差。我们礼泉县城，只有西门外的井水最甜，可是茶铺劳力不足，对外说是西门外的水，实际却是骗人的。用西门外的水沏茶，味道甘醇，斟入杯中，高高鼓起，一清不溢，半点不流。自笃笃当了伙计后，刘二茶铺改用西门外的井水，从此客人蜂至，生意兴隆。笃笃为人老实，整日烧水拉风箱外带挑水。先是日挑十多担，后来陡增二十多担。挑回的水倒在两个大瓮里，清幽幽地打闪，照人可真呢！

笃笃睡在茶铺的板楼上，茶炉的热气准准地对着他铺下的被褥。他不曾料到板楼的这一部位，虽然暖和却最为潮湿，不几年便染上风湿病，腰疼腿痛，终于在抗日战争的中期郁郁而亡，不满20岁。

儿子死时，三伯63岁，事后一百多天不曾接待过一个顾客，不曾写过一份文书。一天午间，有人远远发现一个老妇在笃笃坟上烧化纸钱，捶胸拍土，号啕大哭，前仰后合，死去活来。

这人把这见闻告诉三伯，三伯估摸着笃笃他妈寻她娃来了，连忙跑向墓地，等他赶到时，娃他妈无影无踪，杂草丛中只剩下一大堆纸灰，随风飘散，乌鸦惊叫几声，然后飞去。四野死一般的寂静，三伯在杂草丛中来回踱步，最后晕倒。

三伯一病不起，劝吃劝喝，不吃不喝，呻吟夹杂着梦呓，如泣如诉，几天后便死了。孤魂无主。全族人为他筹办葬礼，一切遵照乡规里俗：阴阳看了地穴，掘圹七尺，青砖镶砌，三寸柏木棺材漆得油黑，十六抬棺罩，细乐吹吹打打，一群族里的侄儿、侄孙披麻戴孝，倒也热闹非凡。这样的葬礼使整个礼泉县城的老人们钦羡不已，说："够了，够了，他这一生也值！"说："有儿有女又能咋样呢？"

也许，三伯想为自己写一张诉状，控告不平的人世同时控告他自己，但他没有写。所幸者是，他死后，人们没有忘记将他用了一生的那方似砚似瓦的东西置入棺内，没有忘记为他献上一支上好的小楷狼毫。

三伯从粪场被转送到坟地，活棺材变成孤魂野鬼。那时中国农村，识文断字的极少，三伯死了，人们感到很不方便。很长一段时间，乡下人不知道他已经不在了，找他，在半间房的周围索索地转悠、等候，阎家的人看见了，说："不要等了，等不来了！"说着，眼里涌出了泪。

三伯生前，常来我家蹭饭，我最怕他来家里蹭吃要喝。他来家，母亲连声不断地"三哥！三哥！"叫着，殷勤待承。爷爷将他让上正座。我得先叫声"三伯!"然后沏茶倒水。他一点也不客气,随便夸你几句,便推杯、挥箸忙活起来。我恭恭敬敬,双手把饭碗递到他的面前,一碗又一碗。我神情漠然,何等地厌恶啊!三伯看出来了,说:"吃多了,吃好了,够了!"母亲盯着我直翻白眼。

三伯一生,唉,怎么说呢?好吃懒做大烟鬼,卖房产卖媳妇卖儿败家子,不可原谅,我恨他、厌恶他。也怨他代写诉状,包揽词讼,为什么不见贤思齐,像《四进士》里的宋士杰那样,打抱不平,击鼓鸣冤,舍得老死边外,一举撂倒他三个贪官!

笃娃哥死了,三伯跟着死了,六七十年过去了,我又想三伯了。想起那座粪堆群里的坟头活棺材,想起那杯苦茶,那方代砚而濡的瓦片,那些不值钱的秃笔,孔乙己般的恓惶可怜穷酸相,岁月的萧索、颓丧、衰败与沉重,不禁低下头来,彻心彻骨地忧伤。

笃娃哥死了,三伯跟着死了,他的那个社会也死了,我原谅三伯了。三伯品行罪错招人怨为人所不齿,可是乡下的受苦人离不开他,而他,只要填饱肚子过把瘾便知足。他有他的活法:安于贫穷,与世无争,自食其力,保有自我自尊的一席领地——自由的空间;也有安全感,莫谈国是,和孔乙己一样"从不拖欠",你官府管不着,不担心"窃书不算偷"结果被人打折一条腿。

我的族弟是奇葩

写了《孤魂无主》，而且获奖，竟然名列"徐迟散文奖"榜首，家乡兄弟们说："阎家老屋（老老祖宗的宅院）还有奇人，咱们县的江湖奇葩，你接着写吧！"

可不是吗，顺和哥和他的大儿子弟娃素以率直闻名，性格粗鲁不撒野，多行善事乡情好，穷而弥坚，是礼泉县城敢于挺起腰杆大摇大摆走动的人物。

父子二人爱说笑，是乡民喜爱的笑星。顺和哥袖筒里揣棒槌直出直入，弟娃是实话巧说拐着弯儿非把事办成不可；顺和哥是冷幽默，弟娃是黑色幽默；顺和哥一肚子的怨气蓄势待发，弟娃混迹街头呼朋唤友口无遮拦，老人们说他是"混世魔王"，就像贾母说宝玉那样，其实是一种爱称。

弟娃他大也称奇

顺和是阎家老屋排行数三的一个老哥。困难时期过年，队上每户发十多斤麦子，几户只能凑起来磨面，磨完面队上要收费,顺和哥说:"我是长款户,你扣吧。"队上说:"那不是一回事,豇豆一行,茄子一行。"顺和哥说:"那你就先把豇豆一行给我,我再把茄子一行给你。"又有一回,路上遇见一个女娃,伤心流泪,顺和哥问,她说想上学,学校不收,说:"十好几了,超龄!"顺和哥说:"去他的,几十岁的老婆子赶着去上扫盲班,十几岁说人家娃超龄了?"

顺和嫂一共生下4个娃,越穷越生,越生越穷,在挣工分的年月里,一家六口只好饿肚子。过度的劳累,顺和嫂病了,问:"啥病?""没钱没粮上医院,咋知道啥病!"眼看着顺和嫂的脸和脚一天天争着肿起来。

1965年,好容易盼来个丰收年,队上来了个"四清"工作队的娄队长,该队长难得和社员同吃同住同甘苦,顺和哥编了一句顺口溜:"分粮分油,多亏老娄。"正月过年,阎家什字久违了的锣鼓又敲响了。顺和哥是阎家什字首选的鼓手。

正月十五一大早,顺和哥手执胳膊粗的鼓槌响将起来,大鼓咚咚惊天动地,十副大铙地动山摇。只见铙手们的两手合合分分,举过头顶的大铙在空中翻滚、飞舞,发出"嚓嚓嚓嚓"迅雷般的阵阵巨响。击鼓者的小肚皮往前一攻一攻,腰杆屁股左拧右转,铙手们时而两臂伸直,时而两臂弯曲转着圈儿闪动;有人实打实敲,有人虚张声势,不断变换鬼脸,像耍杂技似的,逗得众人大笑不止。

只见顺和哥忽而槌敲鼓心,忽而槌敲鼓边,脸色通红,太阳穴上的青筋随鼓点暴起,全身的肌肉也随之颤动。那强烈的节奏,那音响的韵味,带着人们久违了多年的欢乐越过城北的泥河沟,波及九嵕山"昭陵六骏"的上空。

顺和的几个娃高兴死了,急忙跑回家去,告诉蜷缩在炕上的病妈。顺和嫂说:"娃们啊,你大要是敲鼓,就是日子好过了。妈我看不见,妈在炕上撕长耳朵听着呢!"

正是这一天,顺和哥耍完社火回到家里后,顺和嫂子的手脚已经冰凉,老天爷可真是,在两口子都为多年不遇的丰收高兴的一刹那大嫂却死了。

族里的人忙着给顺和嫂穿老衣,顺和哥满脸阴鸷呆呆地看着尸体不说话。四个娃哭成泪人,使出全力摇啊摇,要把他妈摇醒。顺和哥走近顺和嫂,流着泪,弯下腰,不由自主地把他劳累一生的妻子重重地亲了一口,这个动作让众人惊诧不已,猛然间,哭声四起。

弟娃,我的远房侄子,礼泉县城无人不知

无论大人小孩,提起弟娃,就像提起顺和哥一样感到亲切,好像阎姓族群里有了他和他大,生活就有了欢乐,有了生气。

弟娃是顺和哥的老大,把我叫叔,提起此人,大大的有名,礼泉县城无人不知。

弟娃最早以放炮出名。本地民俗,迎亲嫁女必须放炮,但

弟娃只替娶家放炮。迎亲车到门，一串鞭炮，三响大炮。大炮要放得巧，出其不意，放得脆响。出其不意是担保吓新媳妇一大跳，这自然有点技术。比如新媳妇一下车，刚刚迈步，一脚踩响，尘土飞扬，引得人们哈哈大笑。弟娃放炮，多是自动找上门的。人们见他来了，忙说："来了，来了，先吃烟。"他将烟夹在耳轮上，并不急于点着，等迎新车到门，这才点烟，狠吸一口，作为引火，然后寻觅时机，出其不意，骤然放响。炮放完了，弟娃在众人的嬉笑声中扬长而去。

弟娃又学会响麻鞭。那麻鞭长五尺，鞭梢是红的，说是拿猪血浸过，这样抽打起来才清脆响亮，不开花。鞭竿用塑料绳扎得红一节、绿一节、蓝一节，很花哨。他把麻鞭整日缠在腰里，半夜从外边回来，一路上甩得叭叭响，人们听到鞭声，知道该上炕睡觉了。弟娃睡得晚，起得早，天刚麻麻亮，将麻鞭甩上几声，然后满街走动，满街爆响。这鞭声像金鸡报晓，催人起身，开始忙一天的活儿。

学会了甩长鞭，很自然过渡到赶大车。弟娃赶车，一不搞运输，二不拉粪土，专门为迎娶新娘服务。娶媳妇赶车，并不是一种职业，由于弟娃从小会放炮，人们很乐于请他，时间长了，好像成了他的一种职业。媳妇娶回来，主家便请赶车的把式入席，弟娃吃得满嘴流油，乘兴闹了洞房，然后噼叭噼叭甩起长鞭，回到家里，夜已深了。

弟娃终于有了一种职业：看守尸体

再往后，弟娃终于有了一种职业：看守尸体。那些年，县上常常枪毙人，贪污犯、盗窃犯、抢劫犯、杀人犯，毙后一时无人收尸，公安机关便让弟娃看守，一天一夜十元钱。弟娃凭着他胆子壮、会甩鞭，晚上和尸体睡在一起，轻轻松松十元钱。遇到无人认领的尸体，公安局让他掩埋。有主儿的尸体，主家认领，带几件新衣来。谁敢给死人穿衣服呀？谁又会给枪毙的死人整容穿衣服？他敢，他也会，难找！给死人穿衣，按衣领论价，一条领早先三元钱，后来五元。

粗识文墨却给祖宗续家谱

弟娃特别爱护我们的家族，他以家族的人口众多、相亲相爱、颇有几位出人头地的人物为荣。他借助老屋里才有资格悬挂的祖宗的"影"（像），厘清大略的谱系，便动手搜集资料了。我从西安回到县上过年，家里厅堂的四周悬挂着宋伯鲁题赠给太爷"春亭兄"的字、画和书法。弟娃解释说：当时阎姓聚族而居，占了西城角角丁字街大半个街面，阎家家大业大，是礼泉县城里的名门望族，老祖宗曾经和后来参加戊戌政变的著名诗人、画家兼书法家宋伯鲁认干亲，他赠送老祖宗的卷轴件件是宝。

弟娃年纪轻轻的，肩负着类似宗祠管家的使命，四处打听，把我们家族的历史摸得一清二楚，尤其对各个支系的子嗣、某一辈分的人数、名号、性格、轶事了如指掌，一有机会便津津乐道："我老老爷那一辈，兄弟5人；二老老爷，在外做官，有4个少爷，个个聪明过人。"对我说："你老爷阎长荣，字春亭，生于1850年，早亡，享年42岁。""老爷辈，为'守'字辈，几乎把'言'部的字用光了！我爷这一辈，兄弟18人，'景'字辈……"这18人，谁夭亡，谁早逝，谁有后代，谁无子嗣，他都清楚。他仅仅粗识文字，这些考证不知出于何典。越到下一辈——也就是他大这一辈，人数越来越多，不少随父母在外地落户，有的是在外地出生，要搞清楚，颇费功夫，但是他搞清楚了，以至于连那些他不曾见面不知出生年月的几位，也能准确地列出排行，像是"忠义堂"给梁山一百单八将一个不落地排座次。

农村经济体制改革以后，生产队不存在了，百姓遇有打墙、盖房或其他红白喜丧之事，一时无人派工相互协助。阎家本族为了解决这一难题，发起成立"家族自治委员会"，无论哪家有事，均由自治会负责组织人力。自治会成立时，选了委员和主任，弟娃荣任通讯联络干事，这是他一生中最得意的一天。任职后工作认真负责，现已提升为自治会的委员，将来大有荣任主任之可能。

如此这般，自然而然，族人喜欢他，信他。阎姓本家有他这样一个义务为家族办事、精心掌管家族档案的后生是一大幸事，阎家什字繁衍不断、接绍香烟，生活里可不能少了咱弟娃啊！

难怪老人们说他是"混世魔王"，就像贾母说宝玉那样，其实是一种爱称。

不怕鬼，不信邪，混世魔王真孝子

弟娃现在已经是50多岁的小老头儿了，由于青壮年时代当过医院太平间的看门人，后来又干过替死人整容、穿衣服的营生，一直与医务界和公安局保持着联系，现在竟然坐在县医院的大门口当起医院的传达了。身份变了，得收收野性，上班不能走神，还得装扮入时。他弄来一身黄军装，一件军大衣，黄色不离身。

弟娃对工作极其认真，当传达同时兼着门卫，他有武功，是门神！

这年头，门卫工作越来越重要，因此，医院的上上下下都视他为安全卫士，十分器重。

弟娃总是替病人着想，按照病情去门诊察看哪几位大夫正在上班，然后指点病人挂谁的号。他以为某种病必须由某个大夫治疗时还专门去说情。大夫也都听他的，因为他常在大门口夸赞他们："我们的×××大夫，那真是华佗再世！"他的这一夸赞虽不是技术鉴定，不能凭它涨工资、评职称，但是哪位大夫不被他夸赞，心里还觉着不是滋味呢！

弟娃对乡下赶来急诊的病人怀有极大的同情心，无论春夏秋冬还是深更半夜，只要有人敲打医院的铁皮大门，他即刻起身下床，打开大门，迎进危急病人，帮他们挂号，找医生，抬氧气。

这年头，没钱没势的办事就得托人。乡下人在医院既没有外甥，也没有干儿，变着法儿和弟娃交朋友、拉关系，以防家人有个大病小灾的生生给耽误了。他们说那小老头儿人好，办事热心，不嫌弃穷人。他们不免送他点小的礼品来。遇到这种事，弟娃一口拒绝说："在咱这儿，不兴这一套！"一根野草，俨然清正廉洁的大干部。

这年头，吃喝嫖赌抽，坑蒙拐骗偷，社会不安然。一天，我的芳妹急了，说她的"唐老鸭饭店"常常被一伙年轻人骚扰、施暴，白吃、白拿，还摔摔打打，怎么办呀？我大哥听见了，把大腿一拍，说："寻咱弟娃去，你是他姑！"

弟娃既不是黑社会，又不靠武力征服，就凭他那点小小的威望，几句不软不硬的话把一伙人给喝退了。弟娃对芳妹说："姑！那一伙东西不学好，我美美数说了一顿。我指着他们的鼻子说：'你们听着，这是我姑开的店，谁闹，小心谁的狗腿！我整天抱着死人打交道，鬼都不怕，怕你们？'"

从此以后，芳妹的饭店除了税务局白吃白拿外，总算是平安无事。

"不行不行,那不成税务局了!"

一日,弟娃路过芳妹的"唐老鸭饭店",被芳妹推进饭店,说:"弟娃,姑今儿算把你这座尊神搂来了。"逗笑说:"姑管饱!"弟娃说:"不行不行,那不成税务局了!"接着说:"我看看运生叔(我的小名)这上面写的是啥。"

对面墙上是我题写的《吃喝打油诗》,弟娃大声念道:

人生在世求吃食,有了食来又求衣
长袍短褂做几套,回头又嫌房屋低
高楼大厦盖几座,房中又缺美貌妻
红粉佳人作陪伴,出门没有骏马骑
出门骑上高头马,有钱无官被人欺
当朝一品为宰相,不如南面登了基
面南登基坐天下,想跟神仙下盘棋
太上老君输给我,想跟玉帝认亲戚
人心不足蛇吞象,气是清风肉是泥
半斤老酒一碗面,保君每日笑嘻嘻

念完拍手大笑,扭头走人,芳妹拉都拉不住,只听他嘴里嘟嘟囔囔:"姑,忙你的去,你侄儿吃过饭咧!"

最后赞曰:

弟娃越来越感到自己是个人物了,起码觉得自己没有辱没先人。

亲人　老师　恩人

我的老师是亲人，也是恩人。

余生也早，凡三教：家教（重以孝）、师教（重以道）、形形色色的政教（重以忠）。七八十年来，三教轮番塑造我的性格。

这里仅仅是师教的几个镜头，定格，感恩，难忘。

我的第一位老师是爷爷

爷爷阎守诒，前清遗民，"反正"了，辫子革命，他也剪，但不彻底，剪断辫子留短发（俗称"短刷刷"），后来扎成小辫儿（俗称"拨浪鼓"）。当年鬼子扔炸弹，爷爷背着我跑警报，我在背上拨浪着他的小辫儿玩。

爷爷不是渊博的宿儒，通读四书五经，却有孔孟之道的根底，熟识修齐治平之理，能背诵《朱子家训》、《三字经》、《百家姓》甚至《二十四孝图》；不语怪力乱神，敬鬼神而远之，却劝善规过，鼓励老婆婆们烧香拜佛。在家乡，爷爷算是有学问的人。

爷爷办私塾了。私塾就是家庭学校，我叔叔他们就在家里念书听讲。

县上创办小学，爷爷的私塾与公立小学并存。开运动会，通知爷爷的私塾参加，王同洲快步如飞，是第一人选，但是家穷，没有带色的布头做运动帽，徒唤奈何。曾祖母闻讯，连夜给娃做了顶帽子，奇特的帽子在阳光下飞动，成绩优良。谁料到，帽子竟然是纸糊的！

私塾里飞出个金凤凰。一时间，爷爷的私塾桃李盈门，1930年代关门大吉。

爷爷是我的第一位老师，学前在家，单独为我一个人授课，一直到我上了初中结束。母亲家教，教我以勤，爷爷授业解惑，教我以智。

爷爷教我认字、写字，背诵先贤修身的格言，教材大多是《三字经》、《朱子家训》里忠孝节义的一套："读书志在圣贤，为官心存君国。"说什么家是小国，国是大家，不违父辈之道，不忘精忠报国。爷爷教我誊写、打婚单、代书、做善事。我家厅房，悬挂着一具厚厚长长的戒尺，戒尺就是打学生的板子，那是爷爷的坐镇私塾的权柄，神圣不可侵犯。

一根大板子打痛了学生，打出了师生的爱。学生们一个个长大成人，四时八节，总有给老师进奉香羹等应时小吃的，这些吃货都成了爷爷和我精尻子爬炕头的夜宵美食。

父亲和大哥把新文化带回家，我知道的比爷爷多了，共同语言少了，爷爷津津乐道的老古董败下阵来。我后来上班出大门时，坐在门磴石上看牛车上坡的爷爷总想拦住说话，我总是走得慌忙，爷爷也总是说："那你忙去吧！"我反倒有挣脱之感，让自己有生以来第一个老师伤了心，留下终生的遗憾。

爷爷脑溢血去世，不满70，我泣血稽颡，长跪不起，萦绕心头的是《四郎探母》里的一句唱词："千拜万拜赎不了儿的罪来。"

三年困难期间，做饭只欠一把火时，炕上的油布烧了，香椿树砍倒烧了，爷爷教师的权柄和光荣——戒尺填入灶门，眼睛一闭，也烧了！

"阎家个个都是老师"

爷爷以还，父亲阎志霄在隍庙小学当校长，鸣蝉姑是我的班主任。我仗着"朝里"有人乱说乱动，被姑姑揪出来狠狠打了三板子。

叔叔阎景翰（笔名侯雁北）新中国成立前夕在西安南郊一边教书，一边发表作品。解放后在陕师大任教，一边教写作一边写散文，人称"陕西的孙犁"。快80岁时写出一部长篇小说，不久脑梗，为了延缓老年痴呆，竟然用"汉王笔"写出两部厚厚的散文集。叔叔桃李满天下。人民公社化时，带学生到本县王保京著名的烽火大队写公社史，贾平凹参加了，小说《满月儿》

就是以烽火女子作为原型创作的,我的评论中(很可能)最早称平凹为风格作家。

大哥阎振维西大历史系毕业,反右,被贬到河北南宫中学任教,三年困难时师生们同甘共苦,后调回本县一中教书多年,离休于昭陵博物馆。

我正为西安解放进行文艺宣传时,被县上召回参加寒假教师学习班学习并教授音乐、导演秧歌剧,开学后到完小任教,是18岁的"阎先生"。一年后参与筹建县文联和文化馆。

族弟阎琦,西北大学教授,唐代文学研究专家,著述丰厚,博导。阎琦的妹妹阎居梅任教于师大化学系。

另一族弟阎庆生,陕师大教授,鲁迅和孙犁研究专家,以"晚年孙犁"著称,博导。阎庆生的弟弟阎瑞生,陕师大的世界史老师。

一个叔叔、两个弟弟都是老师兼作家,数十年来,不申请加入作协,劝也没用。那年回陕,我当面问起省作协主席贾平凹,他也不知道到底为了什么。

我的三侄女莉丽,几乎一辈子的民办教师,拿到模范教师的证书后,方才考虑是否能够转正。

刘茵由于海外关系,从中央人民广播电台调到北京65中教高一语文,年仅20岁,讲课时声情并茂,同学们无不动容。"文革"受我的牵连打成"五一六分子",吃尽了苦头(后调人文社编《当代》和《中华文学选刊》)。八宝山告别时叩喑者众,其中就有不少她的学生,一个个都成了老人。

阎琦媳妇是教师,阎庆生的女儿是教师。

人说:"阎家个个都是老师。"

给我授课的老师景庆勋

景先生是我初小的班主任,家道殷实,神清骨俊,多才多艺,尤以戏曲和戏曲音乐最拿手,二胡拉得动人心弦。他喜欢我,有意在语文和戏曲方面培植一棵幼苗。

景先生先教我磨性子填影格,教我练二胡。我此后能掌握弦乐乐器,包括小提琴在内,那15二弦的指法练习就是他把我第一个引进门的。日后在乐人何九叔手把手的速成下,我又学会了打板(鼓师),能指挥一个偌大的自乐班走街串巷了。

戏曲成了我毕生在读的艺术学校。戏曲的唱词就是我心目中最早的诗;戏剧冲突成为我理解艺术的重要特征;戏曲的对白使我十分看重叙事文学的对话描写;戏曲人物的脸谱反使我对艺术人物的性格刻画产生浓厚的兴趣;戏曲语言的大众化使我至今培养不起对洋腔洋调过分欧化语言的喜好;戏曲的深受群众欢迎使我不论做何种文艺宣传都十分注意群众是否易于接受。

转眼到了90年代。一日,和作协同仁兼同乡周明聊起秦腔。我说上高小时粉墨登场,扮过李陵和张君瑞,问他怎么喜欢起秦腔来。他说，上周至县中时，有个老师能拉会唱，教他唱戏，而且登台演出："你不要笑话，老师见我脸蛋秀气，叫我唱旦，男扮女装。""啊，对了，老师还是你们礼泉人，景庆勋！"

巧了，教我唱戏的正是景先生，太巧了！

周明和我相约拜望老师。老师历遭运动，最后流落到周至，娶妻生子。老师钟情教育，推助美育，发表了不少论文和宣传品，早已是驰名省内的"模范教师"。年过80。

我俩一踏进先生的客厅，伏身便拜，跪倒磕响头，匍匐不起："景先生，学生看你来了！"

"景先生，我们想你啊！"

景先生说："我也想你俩。你们两人，一个阎振纲（我原来的学名），一个周明，是我教过的最有出息的学生，六七十年了，都在心上挂着！"

给我授课的老师李秀峰

大学期间，我曾担任学生会宣传部副部长，组织文艺社团进行文艺演出，成立乐队举办周末舞会，特别是两周一次放电影，集中放映了一批苏联影片，同学们喜不自禁。

由于我在县文化馆和县文联期间发表作品，参加陕西省文艺创作积极分子代表大会并获奖，所以入学后颇受李秀峰老师的关注。李老师给我们讲授当代文学课，经常约我到他的居室面授写作经验，一盏有些灰暗的灯光下那对期望的双眼让我终生难忘。他又是甘肃省文联副主席,经常邀我参加省文联的活动,听写作讲座,听杨朔介绍《三千里江山》的写作过程,境界大开。

还有幸观看叶盛兰、杜近芳回国后汇报演出的《白蛇传》。此《白蛇传》田汉改编而非旧日的版本,唱词诗意盎然、流畅优美,"断桥"一折声情并茂,我泪如雨下,这才叫戏曲艺术啊!

我1956年毕业到北京,全国反右,李秀峰老师杳无音信,其后念及,不禁叹曰:覆巢之下安有完卵!

我的恩师侯金镜

在从事文学编辑和学写文学评论方面,《文艺报》是我的摇篮,侯金镜是我的恩师。

侯金镜手把手教一个出身不好的人熟悉业务。他教我"刚柔相济",更要我"有胆有识"。嘱咐我说:"你自己有了写作实践,方知评论的甘苦,约稿时就有了共同语言。"

侯金镜提醒我警惕教条主义倾向的危害性,如简单化、庸俗化,武断、粗暴和专横。"不能充分保证作家个性和想象力宽阔而自由地发展,教条主义的堡垒不能彻底被冲垮。"他的文艺思想里有一条十分明晰的红线,就是坚持直面现实的现实主义和干预生活的批判现实主义。

《红岩》就是他发现的,他放手让我给《人民日报》写文章推荐。他自己组织专家座谈,一时洛阳纸贵,人称1963年是"《红岩》年"。

侯金镜为人处世的实事求是作风，为文衡文的现实主义精神，严谨周密的卓识锐见，颇得鲁迅之遗风神韵。

作为"文艺红旗"的《文艺报》上出现像侯金镜这样有胆有识、刚直不阿的批评家，是艺术良心的胜利。在中国当代文学评论史上，他将永存。

某教师答记者问

记者：有人说老师一周才上几节课，比我们每天上班8小时舒服多了……

老师：你知道上课备课、下课改作业、两个班一百多个学生的作业要批改多久吗？你知道早自习、晚自习吗？做操不管行吗？吃饭不管行吗？纪律卫生你不管吗？

记者：上课很轻松吧？

老师：上纪律好的班像演讲，平均每天两节课，就是演讲一个半小时；上纪律差的班像跟人吵架，每天吵一个半小时，你试过吗？

记者：钱不少挣吧？

老师：见过老师考公务员，见过公务员考教师吗？

记者非常尴尬。

本人加注说：世俗的看法，考老师疲劳，没前途；考公务员吃官饭，能升迁。

我吻女儿的前额

美丽的夭亡。她没有选择眼泪。

女儿阎荷,取"延河"的谐音,爸妈都是陕西人。菡萏初成,韵致淡雅,越长越像一枝月下的清荷。大家和她告别时,她的胸前置放着一枝枝荷花,总共38朵。

女儿1998年查出肿瘤,从此一病不起。两次大手术,接二连三地检查、化疗、输血、打吊针,"那瓶走尽这瓶流,点滴何时是个头?"祸从天降,急切的宽慰显得苍白无力,气氛悲凉。可是,枕边一簇簇鲜花不时地对她绽出笑容,她睁开双眼,反而用沉静的神态和温煦的目光宽慰我们。我不忍心看着女儿被痛苦百般折磨的样子,便俯下身去,梳理她的头发,轻吻她的前额。

神使鬼差般地,我穿过甬道,来到协和医院的老楼。21年前,也是协和医院,我在西门口等候女儿做扁桃腺手术出来。女儿说:"疼极了!医生问我幼儿时为什么不做,现在当然很痛。"其状甚惨,但硬是忍着不哭,怕我难过。羊角小辫,黑带儿布鞋。

19年前,同是现在的六七月间,我住协和医院手术。

穿过甬道拐进地下室，再往右，是我当年的病房，死呀活呀的，一分一秒的，就是在这里度过的，这里还留着女儿的身影。此前，我在隆福医院手术输血抢救，女儿13岁，小小的年纪，向我神秘地传递妈妈在天安门广场的见闻，带来天安门诗抄偷偷念给我听。她用两张硬板椅子对起来睡在上面陪护，夜里只要我稍重的一声呼吸或者轻微的一个翻动，她立刻机警地、几乎同步地坐起俯在我的身边，那眼神与我方才在楼上病房面对的眼神酷似无异。她不敢熟睡。她监视我不准吸烟。有时，女儿的劝慰比止痛针还要灵验。

回到病房，我又劝慰女儿说："现在我们看的是最好的西医郎景和，最好的中医黄传贵，当年我住院手术不也挺过来了？那时好吓人的！"女儿嘴角一笑，说："你那算什么？'轻松过关'而已。"她千叮咛、万嘱咐，一定让提醒那些对妇科检查疏忽大意的亲友们，务必警惕卵巢肿瘤不知不觉癌变的危险，卵巢是个是非之地，特别隐蔽，若不及时诊治，就跟她一样受大罪了。

最后的日子里，5大痛苦日夜折磨着我的女儿：肿瘤吞噬器官造成的剧痛；无药可止的奇痒；水米不进的肠梗阻；腿、脚高度浮肿；上气不接下气的哮喘。谁受得了啊？而且，不间断地用药、做检查，每天照例的检血、挂吊针，不能将痛苦减轻到常人能够忍受的程度。身上插着管子，都是捆绑女儿的锁链，叫她无时无刻不在炼狱里经受煎熬。

"舅妈……舅妈！"当小外甥跑着跳着到病房看望她时，她问了孩子这样一句话："小镁，你看舅妈惨不惨呀？"孩子大声应道："惨——"声音拉得很长，病房的气氛顿觉凄凉。同病房有个6岁的病友叫明月，一天，阎荷坐起梳头，神情坦然，只听到一声高叫："阎荷阿姨，你真好看，你用的什么化妆品呀？"女儿无力地笑着："阿姨抹的是酱豆腐！"惹得病房一阵笑声。张锲和周明几位作家看望，称赞"咪咪，真坚强！"女儿报以浅笑，说："病，也坚强！"又让人一阵心酸。

胃管里流出黑色的血，医生急忙注射保护胃黏膜和止血的针剂，接着输血。女儿说："现在最讨厌的是肠梗阻。爸，为什么不上网求助国际医学界？"我无言以对。女儿相信我，我会举出种种有名有姓的克癌成果和故事安抚她，让她以过人的毅力，一拼赢弱不堪的肢体，等待奇迹的出现。我的心情十分矛盾：一个比女儿还要清醒、还要绝望的父亲，是不是太残忍？可是，我又能怎么做呢？只能把眼泪往肚里咽，只能以最大的耐心和超负荷的劳碌让她感受亲情的强大支持。夜深了，女儿周身疼痛，但执意叫我停止按摩，回家休息。我离开时，吻了吻她的手，她又拉回我的手不舍地吻着。我一步三回头地出了病房，下楼复上楼，见女儿已经关灯，枕边收音机的指示灯如芥的红光在黑暗中挣扎。一个比白天还要难熬的长夜开始折磨她了。我多想返回她的身边啊！但不能，在这些推让上，她很执拗。

父爱、爱父，爱到深处是不忍！

女儿在病房从不流露悲观情绪，她善良、聪颖，稳重而又风趣，只要还有力气说话，总要给大家送上一份真情的、不含苦涩的慰藉，大人孩子、护士大夫都喜欢她，说"阎荷的病床就是一个快乐角，什么心里话都愿意说给她听"。

2000年7月18日凌晨4时，女儿喘急，不停地捯气儿，大家的心随着监护仪上不断闪动的数字紧张地跳动。各种数字均出现异常，血氧降至17。外孙女给妈妈擦拭眼角溢出的泪水。10时20分，女儿忽然张口用微弱的语调问了声："怎么还不给我抽胸水？"

一会儿，又用微弱的声音说："陆刚，快把土豆削一下！……"再往下，音调模糊，不知所云。

潘大夫叫道："阎荷！阎荷！"咪咪迷蒙无光，默默不语。

"陆刚，快把土豆削一下！"啊？弥留瞬间，她回家了，仍然和陆刚一起做饭，没有离开温馨的家。

"陆刚，快把土豆削一下！"这最后留给大家的一句话，是诗，是禅，穿越时空，不禁的遐想。

她用捯气抵御窒息，坚持着，挣扎着，痛苦万分。我发现女儿的低压突然降到32，陆刚即刻爬到她的胸前不停地呼叫："咪咪，咪咪，你睁眼，睁眼看我……咪！"女儿眼睛睁开了，但是失去光泽……哭声大作。潘大夫说："大家记住时间：10点36。这对阎荷也是一种解脱，你们多多保重！现在让我们擦洗、更衣、包裹……"可怜的女儿，疼痛的双腿依然翘着。护士们说："阎荷什么时候都爱干净。阎荷，给你患处贴上胶布，好干干净净地上路。"又劝慰大家说："少受些罪好。阎荷是好人！"女儿的好友甄颖，随手接过一把剪子，对着女儿耳语："阎荷，取你一撮头发留给妈妈，就这么一小撮。"整个病房惊愕不已。

女儿离去后，有泪皆成血，无声不断肠，但是我如梦如痴，紧紧抓住那只惨白的手，眼睁睁看着她的眸子渐渐地黯淡下来，却哭不出声来。我吻女儿的前额。

《文艺报》的李兴叶、贺绍俊、小韩、小娟闻讯赶来，痛惜之余，征询后事。我说："阎荷生前郑重表示'不要搞任何仪式，不要发表任何文字'。非常感谢报社和作协，你们给予她诚挚的关爱，在她首次手术时竟然等候了10个小时！"

妈妈的眼睛哭坏了。伴随着哭声，我们将女儿推进太平间，一个带有编号的抽屉打开了，已经来到另外一个世界。我抚摸着她僵硬疼痛的双腿，再吻她的前额，顶着花白的头发对着黑发人说："孩子，过不多久，你我在天国相会。"

八宝山的告别室里，悬挂着女儿的遗言："大家对我这么好，我无力回报。我奉献给大家的只有一句话：珍惜生命。"那天来的亲友很多，文艺报社和作家协会的领导几乎都到了，女儿受用不起，她生来就不愿意惊扰别人。

女儿的上衣口袋里，贴身装着一张纸片，是她和女婿的笔

-95

谈记录，因为她说话已经相当困难了。血书般的纸片，女婿至今不敢触目。

——等你好了，我们好好生活。

——哪儿有个好啊？美好的时光只能回忆了。

——只要心中有我们，一定能够战胜疾病。

——我心中始终有你们，却没能控制住疾病。如果还有来世，只盼来世我俩有缘再做夫妻，我将好好报答你。

——从今天开始咱俩谁也不能说过分的话，好吗？

——这些都是心里话，因为我觉得特别对不住你们，你们招谁惹谁了，正常的生活都不能维持。

——你有病，我们帮不了忙，不能替你受苦。

——谁也别替我受苦了，还是我一人承受了吧。我只希望这痛苦早些结束，否则劳民伤财。真的，我别无他求，早些结束对我来说是最大的幸福。

——别这么想，只要有一点希望咱们俩就要坚持，为了我，是不是我太自私了。

——坚持下去又会怎样呢？你看你们每天跑来跑去，挺累的，为了你们，我看还是不再坚持为好。肠梗阻太讨厌了！

——生病没有舒服的，特别痛苦，你遇事不慌，想得开，我看是有希望的。

——你看不行，你是大夫吗？（玩笑）

——你知道多少人惦着你呀？

——大家对我这么好，我无力回报。我奉献给大家的只有一句话：珍惜生命。我真的爱大家，爱你，爱丝丝，爱咱们这个家，都爱疯了，怎么办？真羡慕你们正常人的生活，自由地行走，尽情地吃喝。没办法，命不好。酷刑！胃液满了吧？快去看看！

后来，又在她的电脑里发现一则有标题的短文，约作于第11次化疗之后。惧怕的事情终于发生了，她却变得坦然。"思丝"即思恋青丝，女儿的女儿也叫丝丝。

思 丝

做梦也没有想到，我，一个12岁孩子的妈妈、满头青丝的妇女同志会以秃头示人。更没有想到，毅然剃发之后竟不在意地在房间内跑来跑去，倒是轻松，仿佛"烦恼丝"没了，烦恼也随之无影无踪，爽！

活了30多岁，还没见过自己的头型呢，这次，嘿，让我逮个正着。没头发好。

摸着没有头发的脑袋，想一想也不错。往常这时候我该费一番脑筋琢磨这头是在楼下收拾收拾呢，还是受累到马路对面的理发店修理修理？是多花几块洗洗呢，还是省点钱自己弄弄？掉到衣服上的头发渣真麻烦，且弄一阵儿呢。没头发好。

没了头发才明白为什么有人愿意剃光头。盛夏酷暑，燥热难耐，哪怕悄悄过来一股小风，没有头发的脑袋立马就感到丝丝凉意，那是满头青丝的人无论如何也体会不到的。没头发好。

没有头发省了洗发水，没有头发节约护发素，没有头发不用劳驾梳子，没有头发不会掉头皮屑。没头发好。

没头发的时候，只能挖空心思发挥其优势，有什么办法呢？再怎么说，这头也得秃着啊。

我翘首盼着那一天，健康重现，青丝再生。到那时，我注定会跑到自己满意的理发店去，看我怎么摆弄这一撮撮来之不易的冤家。洗发水、护发素？拣最好、最贵的买喽！还有酷暑呀？它酷它的，我美我的，谁爱光头谁光去，反正我不！

衰惫与坚强，凄怆与坦荡，生与死，抚慰与反抚慰……生命的巨大反差，留给亲友们心灵上难以平复的创痛。

吻别女儿，痛定思痛，觉得死亡也没有什么可怕。死后，我将会再见先我一步在那儿的女儿和我心爱的一切人，所以，我活着就要爱人，爱良心未泯的人，爱这诡谲的宇宙，爱生命本身，爱每一本展开的书，与世界上第一流的思想家作精神上的交流。

2001 年 7 月女儿周年祭

教师的母爱

"小学低年级的班主任,既是老师,又是母亲。"

"孩子的启蒙和开智,需要爱的催化。"

这是延延奶奶常说的话。她是大学教授,却被小学一年级邬继明老师尊重人性、顺乎人情、因材施教的教化深深感动。

可怜啊,和奶奶相依为命的延延小孙孙,瘦小单薄,好说好动,从上幼儿园起就受人欺侮。可怜又可气,听讲不专心,功课落人后,一见他卷子的分数,奶奶的气就不打一处来。不过,这孩子心善、皮实,是个欢喜虫,你对他再横,他嘻嘻一笑当耳旁风,一眨眼,人不见了。

延延要是全弱智倒也罢了,认倒霉,可是谁都说他机灵鬼,其次才是荒唐鬼,要是犯起浑来,任凭你怎么训斥他不在乎。他三四岁能背诵二十多首唐诗,但是十进位怎么也琢磨不出来。

学习成绩上不去,班主任的脸色越发难看,延延成了"钉子户",只要奶奶一进教室,老师的鼻子不是鼻子脸不是脸。就是在这种恼人的情况下,邬继明老师,作为一年级的年级组长,主动把延延转到自己的班上。这是冒险,意味着全班的平均分数肯定被拉下来,一旦平均分数跌下来,班主任的奖金待遇、评选先进等将受到直接的影响。当奶奶不好意思地表达这一遗憾时,邬老师漫不经心地说:"这样的孩子我见多了,甭着急,慢慢来。"

到了新班,新的生活开始,延延很快不那么淘了,上学也不怯了。一天放学回家,见奶奶的头一句话就是:"奶奶奶奶,邬老师今天亲我了!"

星期六,邬老师说:"上午补完功课奶奶不用接延延了,他算数跟不上,我带他到家去,您放心,我会叫他乖乖吃饭。"

课堂上,邬老师没有对延延发过一回脾气,没有当着全班同学的面说一句伤害孩子的话,更甭说体罚了,尽管奶奶总是对邬老师说:"不听话你就放厉害点!"

延延的功课一天天赶上来了,上进心逐渐增强。他的智商不错,语文问题不大,算数用心也能跟上。班上首批评选少先队员,邬老师对延延寄予极大的希望。

但是,他太爱走神儿,脑子里经常闪现的是《三打白骨精》里的孙悟空,敢于和怪兽搏斗的奥特曼和爱吃菠菜的大力水手。期中考试不理想,加入少先队的事自然吹了。

奶奶对孙子有负邬老师的一片苦心十分不安,可是,不等奶奶道歉,邬老师反倒安慰起奶奶来了,说:"对于较差的学生,我从不放弃,尽全力帮助他们,能拉到什么程度就拉到什么程度。教师就是医生,教哪个学生,就是给哪个学生治病,让他们由体弱到体强健康成长。"

邬继明老师五十出头，中等身材，穿着朴素，气质娴静，略显清癯的脸上嵌着一对炯炯有神的眼睛。在延延面前，邬老师也是奶奶辈儿的，是妈妈，又是妈妈的妈妈。

做一个热爱孩子、献身事业的瓦尔瓦拉式的乡村女教师，是这位视学生如骨肉的老师绚丽的理想。爱是追求，是理想，是牺牲，爱付出沉重的代价。一位家长说："有一次去邬老师家，她正躺在床上，女儿给她按摩肩肘和颈椎，她有严重的骨刺和颈椎弯曲，可是她强忍痛苦给孩子们上课，我感动得不知说什么好。"

她的小女儿这样描绘母亲："我妈妈老给学生们补课，每天工作得很晚，有时半夜起来写总结、刻卷子、改作文，天亮又早早走了。有时回家来不及吃饭就坐下改作业。有时太累了，一回到家不吃不喝倒头便睡，睡醒了，胡乱吃上几口又去批作业。我妈很少跟我们聊天，我们病了，总是爸爸带着上医院。1992年，我阑尾炎穿孔，手术，年过半百的妈妈陪护她的女儿我，第二天一早，又从医院赶往学校上课，妈妈把命都交给教育了。"

我问延延："爱奶奶还是爱老师？"延延不假思索："都爱！""那你说想不想老师。"他立即反驳说："老师天天见，还想？"沉默片刻，又补充说："星期天想老师。星期天老师带我上她家补课，吃完饭带我散步。老师说'吃完饭散步身体好'。散完步，老师又领我理发，人家要了她3块钱。理发完我哭了，老师问'想奶奶？'我说'想奶奶'。老师一把抱住我说，'回家，回家，回家看电视喽！'"延延接着问我："我想奶奶，哭了，老师为什么说'看电视喽'？"我无言以对，一把将延延也抱在怀里。

奶奶辈的老师和延延的奶奶一样，两个奶奶共同用母爱催化一个失去母爱的顽童。

她太投入了，她把全部精力、全部爱献给孩子！该校一位前校长告诉我说："学校让邬老师带一、二年级班，两年一轮，每当她离班去新班时，同学们都哭了。"

学年将近，评选先进，邬老师落选，据说是班上有的孩子考试成绩不够理想，很明显，延延难辞其咎。可是家长们发现，邬老师一如既往，像鸡妈妈带着50只小鸡那样遮风挡雨，精心护养，日复一日。

没有评上先进，邬老师并不在意，照样强忍颈椎的痛苦上课改作业，照样起早贪黑给"病"孩"治病"，照样乐呵呵地对奶奶说："孩子有进步，甭着急，慢慢来。"

1995 年 6 月 18 日

天才、蠢材之间

再说说小孙孙。这孩子反应灵敏，动作飞快，像猴子，更像小老鼠；随机应变，伶牙俐齿，打嘴仗往往是胜者。

他从小好动，经检查，排除多动症；听课不专心，经检查，排除智力障碍；爱咬东西，经检查，排除肚子里有虫卵；五音不全，经检查，排除脑垂体有什么毛病；身板瘦小，经回忆，排除了或胎膜早破或宫口松弛早产不足月。

按图索骥长途跋涉，好容易找到首都医科大学西学统合训练班给他报了名，每周两次，又拍球又跳绳，同时数数儿。拍球只能拍几下，跳绳瞎折腾，数数儿一到十进位就打磕巴。几百块钱白花了，好像视听觉有问题。本打算练完感觉统合训练再去东直门某处上一个班进行视听统合训练，罢罢罢，希望不大。

毛病越来越见长，功课越来越拉稀。无计可施。

翻阅《南昌人口报》，读《天才儿童有哪些特征》，大悦，一条一条和孙子对照，结论是出乎意料的，总共11条。

"第一，精力特别充沛，尤其是某种游戏特别使他感兴趣。"

这孩子手脚没有闲着的时候，他的电门始终开着，人来疯，一触即发，像不断旋转的陀螺。他可以玩上一整天不带累字，什么游戏他都感兴趣。

"第二，好奇心特别强，喜欢每事必问。"

吃饭看电视不停地问这问那，连睡觉都说梦话。

"第三，观察力特别强，而且能注意到细节。"

有张毛主席的头像下颌的黑痣没有画上被他发现了。

"第四，喜欢收集小石子、瓶盖等东西，并能将收集到的东西分类而且比较异同。"

他上月刚把收集到的雨花石当作奖品发给我二等奖，奖励"爷爷在8年里为我花费了不少心血"。他取出好多石子让我分辨真假。

"第五，谈话时所用的词汇比较丰富，词句的组织比较好。"

他竟然在一个多月内把15支自动铅笔咬坏了，不知道吃掉多少铅，让人非常恼火。"再咬东西敲掉你的门牙！"他却化干戈为戏谑，一连不停地耍嘴皮子："又吓唬人！敲掉牙就不能吃饭，不能吃饭就饿死，饿死了你就是杀人犯！拖（施）行暴力是愚蠢的表现！谁敲掉我的牙我就打断谁的腿，抽他的筋，剃他的头，要他的命，砸他的锅，掏他的包，抢他的牛，拉走他的孙子不叫他上学，我们皇军大大的坏，哈——哈——哈！"

"第六，喜欢玩文字游戏，例如找出同义语、反义语等，喜欢把听来的故事或经历过的事告诉别人。"

"看看你手黑得像炭一样。""手黑如炭……远看猩猩黑如炭。"

他经常抬杠、插科打诨。前天晚上写完作业,早已是强弩之末睡眼蒙眬,硬是勾搂着我的脖子一口气讲了4个故事,比背课文还流畅,计有:米老鼠的《未来时代的机器》、唐老鸭的《假戏真做》、《我走我的路》和《吝啬大叔的机器人》。不知道他什么时候读的,吃惊!好记性!

"第七,喜欢阅读。"

见前述。有时在厕所偷偷看书。

"第八,有丰富的想象力。"

他不同意宇宙是无限的说法,他想象,宇宙之外还有外宇宙,外宇宙里面也是星球,但生活在星上的是鳖,是野人和妖怪。

他曾经感慨而略带反抗地说:"人在梦里是最自由的,谁敢在梦里管我?"

"第九,较早具有幽默感,知道被人捉弄时如何用语言来还击。"

见前第五条。

"第十,喜欢同年龄较大的儿童玩或研究新玩意儿。"

做不完的作业,毁不完的玩具。他以为电视里藏着人,差点撬开电视机的后盖。

"第十一,很早会数数儿,对时钟、日历等与数字有关的物件异常感兴趣。"

数学异常吃力，至今弄不明白长短针成直线是几点几分，二十一点是几点，为什么还有十几点十几分十几秒之分。一周多少天，一月多少天，一年多少天，常常转不过弯来。你讲多少遍他都记不住。但是，辽宁打完打淮海，淮海打完两头夹击打平津；秦朝亡国之君是秦二世，清代总共 10 个皇帝：顺、康、雍、乾、嘉、道、咸、同、光、爱新觉罗·溥仪……滚瓜烂熟。你忘记什么，问他，他知道，然后奚落你："爷爷真笨！"

我反复琢磨，我的孙孙不是天才，也不像蠢材，中不溜儿的一个庸才，也不大像。歪才吧！

就这第十一条要命，不然的话，我孙子天才无疑。

好呐，从今往后，校正准星，强攻数学。

1997 年 4 月

孺子，孺子

小孙孙见面总是抱住不放："爷爷，我爱你！""爷爷，我特别爱你，爱得真想吃了你！"

他让我直挺挺地站着，说要发奖，然后加大嗓门："我现在宣布，爷爷在这 8 年里为我花费了不少心血，评二等奖，奖励他心爱之物一件。领奖开始，鞠躬！"

我接过一看是个小瓶子，瓶子里的雨花石晶莹夺目，还有一张奖状，注明荣获二等奖，理由是"我爱爷爷"。

话语流畅，饱含感情。我被感动了！

这样的造句和表现应该说不错吧？可是，他的语文成绩不断下滑。

上课不专注，写作业粗心，爱笑爱闹，狠打重罚无所谓，一面求饶一面插科打诨。人家孩子在校时基本上写完作业，他不，像是准时让家长长期服苦役似的，非跟他一块儿折腾到晚上十一二点不可，强弩之末，困得上下眼皮打架，像喝醉酒似的，又觉着孩子可怜。

对他苦口婆心，援之以《论语》，宣之以子曰："学而不厌","学而时习之","食不语，寝不言"，全当耳旁风，蘑菇战术麻雀战，懒驴懒马屎尿多，喝不完的水上不完的厕所，写不完的作业改不完的错，扯不完的皮。你越批评他，越是争论不休，越显露出他伶牙俐齿的狡辩才能。

他何曾过过消消停停的双休日。

"二年级的学生，写作业得有人盯着，考试落在人后，你想当混世魔王？"话音刚落，他立马跳上椅子接上你的话茬煞有介事地说："同学们，爷爷的话使我深深地受到感动，让我们以热烈的掌声向爷爷表示衷心的感谢！"

"再咬东西看我不把你的门牙敲掉！"

"什么敲掉牙？敲掉牙就不能吃东西了，不能吃东西就饿死了，饿死了你就是杀人犯！"

"干吗老跟着我？噢，原来你也是贼！"

你被他逗乐了，你一乐他松动了，大呼"解放了，自由了！"

说急了，他不干，郑重宣布："再跟我过不去，我就退休，咱们离婚！"

但是离开课本，撇开作业，口试练习，他能够适应，临场发挥良好，命他用"只是"造句，他略加思考，脱口而出："我爱爷爷，只是亲爷爷就像亲猪毛刷子。"

用"研究"造句："我现在正研究人有没有灵魂。"

小平同志过世后，群众哭送他的灵车，他向我提问题："周总理死了有灵车吗？""当然有，灵车过天安门时爷爷泪流满面。""那,毛主席为什么没有灵车?朱德有灵车吗?任弼时、董必武有灵车吗?列宁有吗?"一直问到邓颖超、彭德怀、陈毅、华罗庚、陈景润、潘天寿和相声大师侯宝林。过会儿,又补充地问到蒋介石、陈布雷、王明、日本天皇、一木清直、河边正三。

昨天晚上班主任打电话来说,你孙子不得了,两次爬窗户,说要从三楼跳下去,被老师发现抱了下来,太危险太吓人了,后果不堪设想。他却说:"她们两个女生说,你敢从三楼窗户跳下去吗?要是跳下去,我们一人送你一件礼物,一个小汽车两个戒指糖。"奶奶急眼了:"不要命了,你?不要命了?孩子,你好浑啊!"

他对历史最感兴趣,喜欢历史甚于喜欢动物。他能叫出许许多多动物的名字,我连听都没有听说过更何况这些动物的特征习性。他不爱查字典,却能把附在字典后面的《我国历史朝代公元对照简表》翻个稀巴烂。他经常拽着你的衣袖跟在你后面不停地追问胜败和荣辱、兴亡与宠妃,弄得人精疲力竭穷于招架。"周武王下来是哪个皇帝?伯夷、叔齐为什么要饿死?是不是皇帝跟殷纣王一样都是坏蛋?那秦始皇和唐明皇呢?'虎毒不食子',慈禧太后为什么把光绪关起来?孙中山建立什么朝代?"

我烦他,但被他考住,脸上无光,又服他。他以为我什么都知道,有问必答,我却怕他马拉松的偏题轰炸"烤"得我张口结舌。

当天有音乐课,他没有带笛子,因为上音乐课瞎折腾,老师把他的笛子没收了。问他:"音乐老师姓啥?"他大大咧咧满不在乎调侃地反问道:"知道商代后面是哪个朝代吗?"

孺子可教,不过,太费劲。

耳边响起一首《祖国歌》:

光阴似流水

不一会课毕放学归

我们仔细想一会

今天功课明白没

老师讲的话可曾有违背

父母望儿归

我们一路莫徘徊

将来治国平天下全靠吾辈

大家努力吧

同学们明天再会

张寒晖教我唱《松花江上》

"九一八,九一八,从那个悲惨的时候……流浪,流浪!"多少个"九一八"了,人们没有忘记张寒晖。

"九一八事变"后的1935年,家父阎志霄在陕西省民教馆做事,36岁的共产党员张寒晖二次被邀回西安,在西安二中任教,进行救亡宣传活动。

张寒晖常上我家做客,他不胖不瘦,不高不低,眼镜里透出的目光既斯文又谦和,喜欢逗小孩玩,我和哥哥叫他"张叔叔",他却纠正说:"我是你们的大朋友!"

一天中午,父亲和张寒晖出门有事,让哥哥跟我也去。张叔叔一路领着我俩,边走边教我们念诗:"锄禾日当午,汗滴禾下土。谁知盘中餐,粒粒皆辛苦。"一字一句地讲解诗意,极为耐心,表情丰富。

西安有史以来第一个正规的话剧组织"西京实验剧团"成立,父亲和张寒晖都是发起人,张寒晖任导演,刘尚达任团长。接着,又组建了其后有着相当大影响的大型剧团"西京铁血剧团",父亲任团长,张寒晖任导演。在竹笆市阿房宫电影院,我跟母亲、哥哥观看过两个剧团合演的独幕剧《不识字的母亲》（张饰母亲）、《一片爱国心》（张饰日本妇女），接着，"西京铁血剧团"冲破当局的武力禁演，假易俗社舞台如期上演多幕话剧《黑地狱》。

父亲在西安接待过"西北战地服务团"，曾经同丁玲亲切交谈。父亲对丁玲等著名作家和演出人员的到来深表欢迎，丁玲对西安话剧运动的方兴未艾大加赞扬，西安话剧界人士对以丁玲为首的"服务团"的宣传和演出活动给予大力的协助。"服务团"在鲁迅1924年来西安9次观摩秦腔、亲笔为其题写"古调独弹"的易俗社演出时讲话，微胖的身材，伶俐的口才，抖一抖身穿的军大衣说："我这里穿的正是平型关一仗的战利品！"父亲他们热烈鼓掌。粉碎"四人帮"后，父亲写信要我打听同在中国作协丁玲的下落，当时丁玲还没有彻底平反，多有不便，遂作罢。丁玲去世，关于她彻底平反的消息，父亲伤感万千。

"九一八"后的西安，无家可归的东北难民塞满了大街小巷，他们仰天哀号："什么时候才能赶走日本强盗？""哪年哪月才能回到故乡、见我的爹娘？"沉浸在阵阵哀鸣中的张寒晖唏嘘不已。张叔叔义愤填膺，寝食不安，饱含着泪花，一口气创作出悲愤欲绝的《松花江上》。《松花江上》走出校门，一阵风似的飞向东北难民堆和东北军的军营，千千万万流亡者的哀鸣和怒吼响遏行云，凄婉不忍卒声。张寒晖四处奔波，忙于教唱，《松花江上》后来被当局当作禁唱歌曲。

1936年12月11日,蒋介石亲临西安督战"剿共",请愿的学生高唱《松花江上》劝谏张学良抗日。张学良闻听此曲激动不已,含泪而去,次日,发动了震惊中外的"西安事变"。"西安事变"捉蒋,周恩来在会见蒋介石之余,途经新城的"讲武堂",亲自指挥民众高扬悲歌,说:"一支《松花江上》,叫伤心人断肠。"

"西安事变",人心惶惶,邻居一名国民党官员大惊失色,藏到顶棚上不敢下来。一天,同父亲排演《雷雨》的张寒晖来到我家,一进房门,把我抱了抱,喜不自禁地问我哥:"娃呀,我给你教歌!会唱《松花江上》吗?就是'我的家在东北松花江上……'"接下来,压低嗓门吟唱起来。哥哥和着他唱,一气儿将全曲大声唱完。

"西安事变"前夕,《松花江上》已经秘密传唱开来,哥哥的音乐课教过《渔光曲》、《毕业歌》、《大路歌》和《松花江上》,但老师光踏风琴教歌,不介绍歌儿的名字,也不知道词曲作者是谁(是不是为怕暴露地下党的身份?)。张叔叔亲昵地拍了拍哥哥的小脑门连声夸奖道:"唱得好!唱得准!"

叔叔走后,父亲说:"刚唱的歌子,就是人人爱唱的《松花江上》,你张叔叔自己编的!""西安事变"前的一天,在"易俗社"(即鲁迅1924年来西安以"古调独弹"四字题赠的秦腔剧团"易俗社")露天剧场的"怡情见志轩"聚会,开会商讨曹禺《雷雨》的排演问题,当场推举张寒晖担任导演。正要散场时，张寒晖说："诸位留步，最近，我谱了个歌子，想让诸位听听，提个看法。"接着，他低声唱了这支新歌，也就是流亡离家的《松花江上》。父亲说，这支歌非常感人，在座的人眼睛都湿了。

《雷雨》上演，大街小巷贴满海报。母亲领着我们哥儿俩到竹笆市阿房宫电影院观看首场演出，我很不耐烦，连声抱怨"不热闹！不热闹！"。

父亲还介绍说，《松花江上》是张叔叔在西安二中教书时写成的，他除了上课改作业外，没黑没明的，心思全用到写歌儿上。可是他小小的屋里，只有睡的、坐的和爬的，什么乐器都没有。他不识谱，自己唱，别人记。问他的歌为什么一听就想家、一唱就想哭？他说："我是学家乡婆婆娘们哭男人、哭儿女、哭坟呢！人越伤心越想报仇。"

张寒晖给我哥俩教唱《松花江上》不多日子参加了东北军，任东北军抗日学生军政治部宣传科游艺股股长兼"一二·一二剧团"团长。学兵队编入政治宣传队，将《松花江上》传遍东北军各军各师，歌声飞向长城内外、大河上下直到苏美的广播电台。

张寒晖1941年8月到延安，任陕甘宁边区文化协会秘书长、戏剧委员会委员等职，继续不断地深入群众进行创作，《军民大生产》等许多歌曲广为流传。

关于张寒晖的死因，其说不一，一般说法是由于操劳过度，健康恶化。但知情者透露说，延安"抢救"运动中挨整，不能不说也是加快他死亡的重要原因。

"抢救失足者运动"中,《松花江上》曾被诬为"散布悲观情绪"、"为敌人作宣传"的"汉奸""坏歌"。1946年3月11日张寒晖肺水肿恶化逝世,终年46岁,长眠于宝塔山之南的窑背上。"文化大革命"中,《松花江上》又被斥之为眼泪、呻吟、苦闷和失望,是"30年代资产阶级文艺"。

曾记否,毛泽东高度评价说"一首抗日歌曲抵得上两个师的兵力",为什么不能放过哭我沦落他乡、唤我收复失地、感天动地的《松花江上》?

《松花江上》或者"佚名",或者署名"平津流亡学生集体创作",到死,张寒晖也没有在《松花江上》的词曲作者上署名。张去世后,夫人刘芳编印《张寒晖歌曲集》作为向1950年西北文代大会的献礼后,才将其真实姓名公之于众。1951年,我19岁,出席陕西省文艺创作者代表大会并获奖,除奖励一个奖金红包外,还有幸得到张寒晖这本珍贵的歌曲集。

人民热爱自己的音乐家,凡爱国民众未有不习此歌者。"松花江水去潺潺,一曲哀歌动地天。"共唱此歌,不禁潸然泪下。在纪念抗战胜利60周年的大型晚会上,一当"我的家"三字出口,一唱百和,肠断心碎,一声"九一八",双泪落君前;一当"爹娘啊,爹娘啊,什么时候才能欢聚在一堂?"声声响彻人民大会堂时,情绪最为高涨,中华儿女,怒火中烧,大刀向鬼子们的头上砍去!

想念您,英雄的中华儿女张寒晖!难忘啊,摸我脑门、亲我抱我的"大朋友"张叔叔!

最后的金铮

金铮调北京，编务繁忙，玩命地干，我们相互惦着，谁也不便打扰谁。今年9月他病了，一病不起，爱人陪护。

金铮爱人吴军业随调进京，工作没有安排，住房也没有，就在出版社窄小破旧的办公室里凑合着过日子。

金铮肺癌手术，也急于找我，想通过我找黄传贵医生救急。

自行车驮我飞身上路，在众多的候诊患者面前硬是加塞急诊，黄医生开了方子，抑制咯血和化疗反应。我的希望值甚高，中秋节探视时能够陪他看月亮。

我直奔北京空军医院。满头白发已经脱落，头发茬子布下一层严霜，蛇一般的吊针和输氧管争吮着干瘪的生命，其状甚惨。

刚会说话的孙孙狗狗不知愁，东走走西看看，一任其好恶。吴女士正以豆芽下饭喂饭。金铮强打精神安慰我，怕我难过。我反复说的一句话是："黄医生找着了，咱们想办法，咱们有办法。"

正在这时候，狗狗开抽屉夹了手，哭得人心疼，气氛愈加悲凉。

吴女士偷偷告我，据医生告知，大概能活一年左右，但是他的心情不错，夜深人静，只有他和她时，想念亲人，想念朋友，留恋人生。

病情比我想象的严重，病人的心情却比我想象的要好。我让吴女士把病历详尽写出，然后交给抗癌军医黄传贵。她不假思索，一笔写完：

1. 中心型肺癌鳞癌中等分化纵膈淋巴转移。

2. 肺纤维比较严重（属蜂窝肺）。

3. 三次化疗：一、二次反应小，但无效；第三次胃肠反应大，但肿瘤有所缩小。

4. 现因咯血量较大（平均每天100cc），胸背疼痛，暂停化疗。

事不宜迟，我又蹬车到了甘家口中医门诊部。候诊的患者大都病得不轻，我怎么好意思在众目睽睽之下加塞呢？黄传贵非常讨厌加塞，他曾经收到"四个未能看上病的人"留给他的一张条子，他读后泪水长流，上写："如果还能给我们多一点人生的时间的话，我们最后的任务就是把那些不排队还插队，特别是一个电话就把你占去的人统统杀掉，从中央到地方……"我又怎么能在黄传贵嗓子都快说不出话来的时候忍心惹恼他呢？我也知道，只要我硬插进去喊上一声"黄医生！"他肯定会给我这个面子，何况，他知道我在他忙的时候连自己的胳膊也绝不伸过去的，可是，越是这样想，越是不忍心这么做。我急得满头大汗。这时，门诊部的毛医生告诉我说："这种鳞细胞癌黄院长有办法,你知道的,有个叫贾什么的,多少年了,现在还爬西山鬼见愁呢。"毛医生这一说,更增强了我对金铮战胜疾病的信心。万不得已,我仗着胆子走过去,告诉黄医生说:"就是请你开方子的那位朋友,他费了千辛万苦,求到中华医学会的门下,他们说'我们没有办法,治你这种病的,全国只有一个黄传贵!'"黄传贵动了心,二话没说,立刻站起来走进屋子,打开他随身带的黑色皮包,一把摸出一包药交给我,然后回到原处,坐下来,开了方子,告诉我说,这包药赠送金同志。

赶紧将"黄氏抗癌粉"送病房。因为上次狗狗夹了手,大哭,又看见吴女士碗里只有豆芽菜,给我的刺激太大,所以我拐到商店买了一堆香肠和几包小孩吃的面包。天下着雨,我撑着小伞踏上泥泞小路。《传记文学》的美编老平正在指指画画请示金铮什么。被霜雪埋没的金铮精神百倍,思路清晰,语言干脆,一如既往地指点着眼前的一切,彼此露出笑容,最后欠着身子签字付印。

金铮第一次住院化疗出院后,带着氧气瓶一头扎进阴冷潮湿的办公兼起居的斗室,为《传记文学》或伏案,或卧床,气喘、咳嗽,直至次日凌晨两三点钟。一天半夜,大雨如注,大水倒流入室,在床上阅稿的金铮立刻拔掉氧气管子,跳下床来,把一捆捆新印出的《传记文学》搬到床上、书柜上,刊物保住了,金铮口吐鲜血,和他心爱的《传记文学》一块倒下。

他的心没有离开工作,难怪美编一来,金铮的眼睛马上亮了。

美编去后,我将药粉和药方交予老吴并交代了服法,金铮夫妇自是感激,情绪极好,答应尽快服用。我随即将一本早已签注的《治癌军医黄传贵》亲手捧到他的床前,打开扉页,一行行字映入他炯炯有神的眼帘:

金铮老弟存念

1986年我结识黄传贵

1988年编成此书

1989年由文化艺术出版社出版

1994年老弟调该社任副总编

1996年9月探望老弟后又请黄传贵开方子并接受其所赠之抗癌粉

30日送药至老弟床前

金铮泪眼蒙眬。

一包药粉,一本书,两张方子,带来希望。

我将香肠、面包拿出来。真够浑的,怎么忘记金铮他俩都是穆斯林呀!

只剩下他和我两个人时,他说:"阎兄,你不该步行、骑自行车!阎兄,我不妨直告,你老哥那天的脸色十分可怕,完全是菜色。要保重啊,什么年纪了?辛苦一辈子,硬气一辈子,你老哥,够了够了!大把年纪了。那天骑车子回去,我心里特别难受,抱怨我爱人说'你怎么搞的?你不会叫辆出租车,硬塞给司机几十块钱,老阎不是就轻松一点点吗?'"

临别时,像是预谋好了似的,硬塞给我一包补品,不收不行。不能驳他的面子,不能让一个真诚的病人着急,心里却很不受用。

11天之后,10月11日,黄昏时分,电话传来金铮抢救无效刚刚去世的消息。"他走得太快了!你不要过于伤心!"

一个声音在耳边回响:"阎兄,随便你怎么写,只要你写。我敢约你就该敢写,你敢写我就敢发。"1990年9月他来京约稿,头一次见面就这样率性不隔地打保票,我感到他憨,认死理,活脱脱一个不改本色的"陕西冷娃"。我写了,他主编的《喜剧世界》果然发了,说到做到,殊不知他是在多么特殊的情况下说的和担当什么样的责任下做的。

经年劳碌伤了健康的躯体,烟酒失度毁了一条钢铁汉子。金铮是改革开放的力行者、敢作敢当的勇士、任劳任怨的办刊能手。早生华发使这位稀罕的犹太人神气活现,精明强干而又憨态可掬使人觉得这也是一种成熟。

这个人豪饮,豪爽,嫉恶如仇,富有艺术家的勇气,事业心和个性极强,干事不要命,哪怕得罪人,不容忍现实的丑恶同时不为现实丑恶所见容,不是每回都有好果子吃。

一时不被理解也罢，天大的困难也罢，都没有把他打倒，却毫不设防地被肺癌轻而易举地击毙。他潜心办刊，让灾难深重的人们再生之年于劳苦中有一块游憩地——《喜剧世界》，自己却煎熬着生命不得不扮演悲剧的角色。他用一颗滴着血的心和一双颤抖的手支撑着《传记文学》的新生，是不是像别林斯基枕着《祖国纪事》下葬那样让自己的头颅安枕在《传记文学》之上？当然，伊斯兰教既"清"且"真"，来去无牵挂，质本洁来还洁去，什么也别想带走。一条活生生的热血男儿本为改革开放而生，不幸却过早地离开"喜剧世界"倒在洒满汗水的脚手架上。

我不忍心打听我送去药方之后医院里抓没抓药又在哪里煎药，什么时候服的药效果到底如何。一切都晚了。人到中年万事休！

刻下，孤儿寡母住哪里？吴女士的工作怎么安排？狗狗怎么办？

我的这位朋友不是大人物，没有人约我写悼文纪念他。我想把它投递给他生前最后主笔的《传记文学》，或者寄给他同窗好友刘斌，算是我献上的一束清真素净的鲜花。

我心急火燎，先给狗狗娘俩找个住处！

1996 年 10 月

我的朋友宋遂良

这个题目让人联想起"我的朋友胡适之",谬托知己,假汝之名抬高自己。

说对了,正是这样,然而,我执意要抬高的却是宋遂良。我曾赠言给他:"人生得同调者足矣,情同手足四十秋。"

《文艺报》,1978 年 7 月,先于党的十一届三中全会复刊,抖擞精神,敢为人先,为天安门诗抄解禁,为作家作品平反,为《班主任》等"伤痕文学"开路。一面是思想解放重整归部,一面打开因袭的闸门扩充新军葳蕤春意遍于华林。《文艺报》又成为灵敏度极高的收发报机、文坛晴雨表。

礼士胡同旧名驴市胡同,52 号原是清代武昌知府的豪宅,豪宅里的一座小院是复刊后《文艺报》编辑部工作的场所,"文革"时是文化部于会泳部长坐镇的地方,也是他后来自杀的地方。古色古香的小院,风云变幻的象征。

一天,收到宋遂良一篇来稿,标题是《秀丽的南竹和挺拔的白杨——漫谈周立波和柳青的艺术风格》,信中写道:"1959 年上大三时,经常给《文艺报》投稿并受到鼓励,打入右派后,去中学教书，20多年不再吃评论这碗饭了。三中全会后，又不甘心寂寞，便将此稿寄上。如果觉得今后还可以写点评论，就请像30年前那样帮助我，如果我不是那种材料，就请直说，我将从此洗手不干。"我们收到后，签署了以下的意见："作家论难，风格论更难，难得的好文章。"即刻发稿。

我们举办了好几期"读书班"，联系和扶持一批文学评论新作者如黄毓璜、童庆炳、刘思谦、吴宗蕙、萧云儒、谢望新、李星等，把那些"文革"前写评论现在考虑要不要继续写（是不是"今后洗手不干"）的中年评论家如单复、王愚、潘旭澜、宋遂良等邀请来京参加"读书班"，授命撰写重头文章。这批中青年评论力量在新时期为创作披荆斩棘，蔚为大国。我和谢望新不约而同地把"读书班"誉其名曰"《文艺报》的黄埔军校"，直至今日，大家谈论起来仍然激动不已，"你是'黄埔'二期还是三期？""永远忘不了那个'黄埔'"。有道是："酒酣胸胆尚开张，鬓微霜，又何妨；会挽雕弓如满月，西北望，射天狼。"个个都是上足了发条的陀螺。

宋遂良义愤填膺，一发而不可收止。

我胃平滑肌肉瘤手术后，宋遂良殊多惦念，初入1982年，相约泰山，一览众山。有病之身，五十啷当，一十八盘，一跃而上，有诗为证：

陪阎纲登泰山

看惯人间世俗多，最识真情重几何。

十八盘道君已过，珍重一去扫沉疴。

宋遂良

1982 年 1 月 9 日　泰安

答宋君

走南闯北何所觅，东倒西歪处世穷。

与君一十八盘语，详尽八十一难情。

定萱赏饭　遂良赠诗

凑成四句　达我悃忱

阎纲

1982 年 1 月 9 日　泰安

　　1984 年 4 月，宋遂良来京，两人促膝谈心。我们年龄只差两岁，家庭出身不好，遭遇可想而知，都喜爱京剧，特别是刚柔相济的悲剧名家程砚秋，苦闷、彷徨、呐喊，悲欣之情溢于言表，更多些共同的语言。

　　两人可以敞开心扉无话不谈，能够把个人隐私暴露无遗，什么"三无一捕"小心眼，错错错！莫莫莫！恪守诺言不外传。

　　谈到创作问题，我说：我在不少文章里分别引用托尔斯泰和高尔基的话，提出"性格复杂性"的问题，鼓动作家写人的复杂矛盾和心理变化,要求作家"指出一个人时而是魔鬼,时而是天使,时而是智者,时而是白痴,时而是力士,时而又是浑身无力的人"。一再呼吁人物灵魂世界鲜明性、复杂性的统一。于复杂中见鲜明,于丰赡中求统一;复杂才是心灵的辩证法,才是人的属性,才有感染力。当然,人皆由复杂而完整,具有质的确定性,剖析人物应着眼于内心冲突、情感反差这一从多元对立到一元统一的变化过程。故此,1984年以来,我大呼小叫,提出"学写对立统一即艺术辩证法的文学评论",恩格斯轻轻拨动手里那把"艺术辩证法"的钥匙,诗人灵魂的秘密便被暴露殆尽。

人啊人,归根到底,绵延着兽性的基因!

谈到如何提高评论质量的问题时,我说:"我很希望有那么一个不怕赔钱的出版社出面办一个文学艺术的《评论选刊》,免得读者大海捞针之累,张扬文学评论,活跃文艺批评,促进文体文风的改革,让年轻人在这块园地里一展风采,此事若成,将是中国文学批评史上的头一家。"问宋遂良:"如果办成,我愿意到那里去当选家,你去不去?"

宋君回鲁后,将我们的谈话整理成《关于文艺评论的写作》一文送《当代作家评论》发表。春风文艺出版社的邓荫柯担任该杂志的社外编辑,在校样上看到这几句话后非常感兴趣。荫柯8月赶赴兰州,我们在"中国当代文学研究会第三届(兰州)会议"上见面,双方同意合作,周申明表示河北省委宣传部情愿参与合办，一件美事遂最后敲定。8月14日，正好我52岁的生日，朋友们选定这一天庆贺《评论选刊》的诞生，屋子挤满了人，一地瓜皮。

被唐弢誉为中国期刊史上破天荒的《评论选刊》公开面世。

1992年《神·鬼·人》出版，宋遂良作序，精短五百言，余心感焉。

阎纲一介书生，半生顿踣，平日待人温文少语，为文往往锋芒逼人，"语不惊人死不休"。他以情为文，以气为文，属诗人型的批评家。勇敢的判断，敏锐的思辨，火热的感情和令人会心一笑的智慧，使他的文章独具魅力。

如此气质，在历史大转折时期，能不顺乎潮流，合乎人心，抓住真理，所向披靡，敲响黄钟大吕？三中全会之后那几年，他精神抖擞，思想解放，不顾胃癌的危险，忍受精神的折磨，呕心沥血创办刊物，赶写文章，倾心于文风文体改革，扶起大量中青年作家，做了不少好事。

有段时间，旧论新说难辨，文坛相对沉寂，阎纲在《文艺的方向、方针、批评标准》和《繁荣文艺的几点意见》等文中，力陈党的路线，特别强调"左"的危害，再一次表现了面折廷争的批评家的勇气。

早几年，某年轻人嘲讽阎纲等操的是"锈迹斑斑的武器"，近年，年龄大点的又斥责阎纲不识时务。

阎纲似乎是个悲剧式的人物。

龚自珍有诗云:"不是无端悲怨深,直将阅历写成吟。可能十万珍珠字,买尽千秋儿女心。"其阎纲之谓乎?

1986年10月,新时期文学十年学术讨论会在北京举行,群英荟萃,盛况空前。大会多次请为新时期文学立过大功的阎纲等上主席台就座,全场一片掌声,阎纲却逃遁了。后阎纲多次发表讲话,赢得持续的掌声。

历史是公道的。

呐喊的阎纲是不会彷徨的。

这本选集便是一个纪录。

1992年6月28日

1993年9月,在长篇新作议会上谈到《废都》,我告诉宋遂良,我用李商隐的两句诗评价它:"贾生年少虚垂涕"、"庄生晓梦迷蝴蝶"。宋兄好玩,写了《为阎纲引诗作注》一文,破解第一句诗是《废都》"强说愁",第二句诗是说《废都》"塑造庄之蝶这样一个艺术形象是没有积极意义的"。

哈哈,歪批三国!

2000年,宋遂良出版《足球啊,足球》。

赵忠祥说:山东宋遂良,82岁仍熬夜看球。跟宋老师接触,总觉得他保有一颗童心,那么喜欢看球,那么喜欢侃球。"搞了一辈子文学评论,知道我宋遂良的不多,想不到自己写球评比讲古典文学有名气，才写了几年球评，倒是……嘿嘿嘿嘿！"

"足球是火，足球是风，足球是和平时期的战争，足球是文明的下脚料……"在宋遂良十多年专项记球的日记本上，有各种有关足球的经典语录。当年此君有多火？坊间传闻："北京有个赵忠祥，山东有个宋遂良。"

1991年《宋遂良文学评论选》出版，收入作者新时期的文学评论文章50余篇，涉及文艺思潮、创作倾向和风格流派等若干重大问题，从一个侧面反映出十年来文学发展的脉络。田仲济教授说："宋遂良同志是当前在全国文学评论届中较为受人注目的人物，他视野广阔，感觉灵敏，难能的是他具有一颗善良的心。他是酷爱真理的，不说违心话，更不说假话，在这一点上他很像雪峰评论鲁迅。他写了《黄秋耘论》，以'血泪文章'和'战士心'来作标题，贴切地反映了黄秋耘的生活、工作，他的理智和感情的矛盾、困惑。"

1985年宋遂良《"血泪文章战士心"——黄秋耘论》一文，对秋耘有16个字的评语，"早欲革新，然而怀旧；早要战斗，但要安宁"。正如邵燕祥说秋耘"血泪文章战士心"，但"执着而迂"。秋耘闻之心动。

前有宋遂良1985年的《"血泪文章战士心"——黄秋耘论》，后有我2002年的悼文《黄秋耘相信眼泪》。文章最后写道："哪怕曾经英勇地战斗过，在心灵深处总还保留着一块'超越混战'的圣地。斯人逝矣，旧文苑，新战场，留下一处觉者的空白。"

点燃我此番哀思者,"我的朋友宋遂良"。

2015年出版的《在文言文:宋遂良论当代文学》,精心选编了作者在20世纪八九十年代所写的近百篇文学评论。这些文学评论包括文学思潮评论、长篇小说评论、现当代作家作品评论、影视剧评论及相关主题评论。作者的这些评论既具有学术价值,又有趣味性,为社会所关注。

夏志清的《中国现代小说史》,只写了十多位作家及其作品,便成功为一部堂而皇之的小说史。宋遂良虽向往止而不能止,却多少给予人"史的感觉"。他同黄秋耘的通信和《"血泪文章战士心"——黄秋耘论》一文,以及多次在长篇小说创作研讨会上的发言、三番五次评论张炜的长篇,"史的感觉"尤为突出。

他又同眼前出现的新鲜问题相呼应,点睛、解疑,直抒胸臆不含糊。他说:"我想在此诚恳地劝告姚(雪垠)先生,刘再复的'侮辱和诽谤罪'是难以成立的。""我对卞先生的直率、严格批评怀有敬意……但这也给电视台一个提醒和警告,你们不能老按自己的意图去指挥嘉宾,让别人就范。"另有"美丽的残缺《廊桥遗梦》"、《电视剧〈戏高粱〉的不足》等。他"炮轰"山师东路壁刻的"二十四孝图":"让一个孩子光着身体躺在冰上求鱼,不被冻坏了吗?鱼能破冰出来吗?父母又于心何忍?"我还特别注意到,当有人把《走向共和》诬之为《走向无耻》时,他站出来了,"如果袁世凯没有那种超常的政治谋略，做事的雷厉风行，对人的笼络有加，作风的精明干练，没有练新军、内洋务、废科举、推新政、办外交等方面的业绩，孙中山能把大总统的位置让给他吗？"掷地有声！

2016年10月，我的三卷本《阎纲专辑》内部出版，即赠宋遂良指谬存念。上写"家史文史国史尽皆痛史；父母挚友恩人永不相忘"。最真诚的一句话是："人生得同调者足矣，情同手足四十秋。"

2018年4月，"山东师范大学德高望重的宋遂良老师将在这里讲授《红楼梦》。主题叫：《良辰美景奈何天》"。

会后有消息报道说：宋老师眼中的黛玉具有西施的天然娇媚、李清照的才情灵气、赵飞燕的精巧灵动，不食人间烟火，冰雪聪颖、纯洁正直。宝钗则是动人端庄，精明世故，会做人，会安慰人，受儒家正统教育，是被压抑后的正常感情流露。宝玉对一切不幸都往自己身上揽，对一切生命都爱，对所有人都是宽容，像耶稣爱众生，具有大爱。就像他说的："为这些人，我死也情愿。"具有最高的品德，宽大的胸怀，从不夸耀，清清白白。

被问及最喜欢书中哪个人物时，宋老风趣地表示童叟之言百无禁忌，个人最喜欢贾宝玉。"女儿是水做的，我很尊重女性，且欣赏品德高尚的女性。我更照顾周围相貌并不惊艳的女同学，因为她们更需要得到重视和尊重。"一席话引得现场掌声雷动，听众在被逗乐之余也表示被宋老可爱、机智的人格魅力所折服。

除言语生动幽默外，宋老的兴趣爱好也着实让台下听众惊呆了。"上网、打游戏、游泳、聊微信"，很难想象这是一位83岁老人亲口说出的个人爱好。那一刻他的身上洋溢着年轻人的热血和激情，儒雅又不失情调，完美诠释了互联网时代下智者的新内涵。他仿佛是家族里和蔼的大长辈，更像是跨越年龄和代沟的知己。

或许是经历过太多风浪，也或许是早已体会生命真谛，身为过来人的宋老把人生追求总结为两个词：简单、快乐。简单到不必在乎别人的看法，快乐到想尽一切办法快乐，达到精神灵魂的快乐。现场听众也沉醉于宋老对人生的大彻大悟中，不时地响起赞同的掌声和感叹。

呀，宋兄原来红学家！理想的人道主义者，卿卿我我，儿女情长，带有细腻越轨的女性笔法和口才，所以深深打动他的听众。

2018年6月23日，宋遂良出席《经典文学论坛》，主讲《三国演义》的意义。我心想，没有深厚的古典文学造诣，他敢吗？

渐入老境，家庭和睦，三个女儿成材，多次出国探亲旅游，渐渐由郁愤转为淡泊，嘻嘻哈哈，跳跳蹦蹦，疯疯颠颠，唱歌跳舞，乐此不疲，超越痛苦，超越自我，让生命与大自然同节律，潇洒澄明……哑吧哑吧那滋味儿，不就是陶令的"纵浪大化中，不喜亦不惧。应尽便须尽，无复独多虑"么？

宋遂良，崇拜黄秋耘，把秋耘如泣如诉、忧愤有加的作品作为人道主义理念的文学范本,把秋耘推崇孙犁"既有小品文的纤丽韵致,又有诗歌的抒情色彩"的艺术特色奉为圭臬,故而,笔下尽显阴柔之美。

宋遂良,"我的朋友",修成正果,浪漫的现实主义作家,微笑的悲观主义者,现代理性的人道主义者,镇定而慈悲的乐观主义者,见贤思齐,"朋友宋遂良",我谦恭的同调、学者和智者!

陈冰夷照相的喜剧

多少个年头过去，几乎把老人给忘了，不承想在这儿遇见，两个人挤靠得亲亲热热。

2001年12月，第七次文代大会开幕，会前安排代表们同党和国家领导人合影留念。

那是一次两千四百多人的大拍照，代表们早早由服务小姐叫醒，提前两个小时依次乘车，鱼贯通过安检进入人大会堂。这时，更早起床的工作人员已经按人数将场地布置停当，我们普通代表们按照各人手中密密麻麻的"排位示意图"寻找自己的站位，脚步零乱却秩序井然，严肃而热烈的场面可谓壮观。无意中看见陈冰夷，没错，就是他。

老人规规矩矩慢慢腾腾不敢掉队，东张西望寻寻觅觅心无旁骛，哪儿顾得上听我问寒问暖，只拉了拉手便各自忙活起来。我赶忙挤过去，好容易替他找到站位，再看看我的号，恰好和他是紧邻，这太巧了，太好了！我搀扶着，把这位84岁高龄、声望卓著的翻译家一步步扶上高梯的最高层，贴身站稳，靠拢再靠拢，那份亲热劲啊，好在他和我都不需要减肥。

老人见我，兴奋异常，十分健谈。我夸赞他身子骨硬朗，思维清晰，记忆力强，询问他日常的起居状况。陈老说，50年来，爱是不能忘记的，恨也是不能忘记的，这种感觉常常萦绕于怀，总想把一桩桩一件件全都写出来。"我经历的事能拉几火车，从中苏关系、外交风云、文艺反修、文学翻译、译文编辑……到中宣部以至我们中国作协的头头脑脑根根底底知道的不少，我要把它写出来，可是遇到强大的阻力。"

"现在了，还有什么阻力？"

他微微一笑，缩了缩脖子，悄声耳语道："老伴反对呀！哈哈哈……"

陈冰夷1953年奉调到全国文协即中国作家协会的前身，在他的建议下创刊《译文》，译介精品，继承鲁迅创办《译文》的战斗传统。1959年，特殊的年代，《译文》更名《世界文学》。当时，《文艺报》和《世界文学》一个团支部，他关心团的工作，我借机向他打探反修出版"黄皮书"的情况。作协内部能够读到"供批判用"的"苏修小说"，模模糊糊地，好像那也是一种"真实"。陈冰夷很容易让人接近，我向他请教。1964年毛泽东主席点名批评文联各协是"裴多菲俱乐部"，《世界文学》停刊，人员归属中国社会科学院外文所，陈老任所长。

1982年，编辑三大卷的《中外著名中篇小说选》，由我撰写序言。我首先为"中篇小说"如何界定犯愁。什么是中篇小说？中篇小说兴于何时？我立刻想到作协的老领导、苏俄文学翻译家陈冰夷，登门求教。陈老见我，说不尽的前尘往事，好强的记忆力啊！1954年和1959年，苏联召开全苏第二次作家代表大会和第三次作家代表大会，邀请周扬率中国作家代表团出席，那时苏联的文学界对许多问题争论不休，他们涉及的具体作品我们却非常陌生，中宣部受周扬之命布置下来，让陈老提供情况，翻译作品，为反修提供资料，他心里明白，一场两党意识形态的斗争即将爆发，"黄皮书"就是那时候内部印行的。又谈起他被批斗、清扫垃圾的情况，滑稽可笑，他的思想怎么也转不过弯儿。

我说，外国所谓的中篇小说，概念也不稳定，说法很不相同，茨威格一生主攻中篇，世界驰名；莫泊桑一生工于短篇，驰名世界，可是，《羊脂球》实际上是个中篇，3万多字，写了10多个人物。在俄国，情况又不同，别林斯基说："中篇小说就是长篇小说，不过规模小一些罢了。"他把《上尉的女儿》、《旧式地主》等都列入中篇，好像中篇又接近短篇似的。冰夷同志，求求你，我被弄糊涂了。

陈老点头笑笑，慢条斯理地说："在欧美，都称长篇小说为'roman'，而称其他小说为'novella'或'novel'。中篇、短篇在西欧和美国不加区分，那里没有'中篇小说'这一特殊用语。把中篇、短篇加以区别的只有俄罗斯一个国家。我国现代中篇小说的名称来自国外，很可能来自俄罗斯。俄文里的中篇小说是'nobectp'，原为'纪事'之意。19世纪初，普希金以至于果戈理所写的'nobecb',多数实为短篇小说,大约从19世纪后期起,才把短篇小说以'paceKa3'为名分列出来,而以'nobectp'专门命名中篇小说。然而,这二者的界限也不明确,难怪即使在当时俄国,中乎?短乎?其说不一。"

相机前的人群很拥挤,人声喧哗,我和陈老说不完的话。又一番拥挤,大家好亲热又好累啊!陈老站立良久,我扶他在站台上坐下来,这样安全些。站台上几番波动,陈老安然无恙,因为他受到左右两侧照顾性的夹击,幸免于坠落之忧,其实,掉下去也没关系,高架之下有足够的卫士安全待命。正下方,是指名入座的前排人士,双双握手言欢,阵阵笑声盈耳。见一身唐装、兴致勃勃的张贤亮正和微微含笑的铁凝他们依次寒暄着,又是朗朗笑声。

首长们出场了,大家顿时兴奋起来,热烈鼓掌,但有纪律约束,谁也不准挤上去握手乱了会场。首长坐定之后,免于埋没在人海之中,众人等赶快找个空隙让自己的头部亮相。突然,灯火白昼般的通明,相机对准2400多密密麻麻的代表转着圈儿扫描,分3次揿快门,最后技术合成,次日发到每个代表的手里。照相完毕,安全疏散又是一场有序的混乱,熙熙攘攘,谢天谢地,平安无事。

晚年陈冰夷视力欠佳,听力下降,但生活态度积极,坚持每天读报看电视,文化趋势、文艺动态、世界大事、时代潮流无所不知。还喜欢看体育比赛,特别是足球,赛前必服药,怕一时激动心脏出事。依然是难忘已往,握笔艰难而思绪潮涌,写写停停,停停写写,家人"不批准",他像小孩一样偷偷去做。老伴说:"他特别盼望2008年8月到来,看奥运,一饱眼福。他有一颗年轻的心。"不幸,这位可爱的老人没有再等上半年,2008年2月2日,肺部感染逝世,享年93岁。

到了2006年第八次文代会开幕的时候,免去两千之众夹挤合影这一传统的程序,有作家表示遗憾,但一般作家特别是有把年纪的作家特别赞同,因为第七次文代会那次体力繁重的合影太累人了。陈老知否?我很想把这一消息通报给他的在天之灵。

王海："五陵乡土"作家

不久前，座谈陈彦的《装台》，王蒙激动了，说："陕西作家写绝了。王海也有他绝的地方。"

王海，农民的儿子，勤奋写作，"我们一起走过"几十年，不惜摩顶放踵朝向成功者走去。

收到散文集《我们一起走过》后，我一页一页翻看，捞的都是干货。

散文者，情之裸美，最怕遮遮掩掩。王海跟朋友交心，创作的艰辛、行路的曲折尽收眼底：如何被疼痛折磨一如既往笔耕不辍，如何奋不顾身排练（《天堂》改编的）话剧《钟声远去》以及拍摄电影《城市门》累得四脚朝天，重重难关，而今迈步，务期必成，潇洒走一回，一幅具有思想穿透力的"陕西冷娃"自画像！

我的思绪自由飞翔，也回溯到"一起走过"的1980年代。

你我相识30多年。

王海立志不俗，要在精神上、历史上和艺术上突破旧的框框，文学是命，他要安身立命。

机缘巧合,"咸阳塬上埋皇上",周三陵,汉十三陵,唐十八陵。在咸阳塬上安葬的汉代长陵、安陵、阳陵、茂陵和平陵的"五陵塬"上,天生一个松柏环绕的古村城,再生出一户守陵人王姓大家族,大家族里世世代代出文人,当朝又生出个作家王海。王海一眼盯上"五陵塬",固守"五陵塬",就像陈忠实固守"白鹿原"那样,美得他得天独厚,井喷似的,一发而不可收拾。

王海刚强却忧伤,情急之时就大哭,最后哭出勇气。性格决定风格,秦人的胆识加智慧。

在婚姻问题上,王海违父命,只身到铜川当壮工,吃尽了苦头,哭而不倒,一硬到底,不意收获了一部有血气、有艳遇、有男子汉气味的长篇小说《人犯》。长篇小说《人犯》让我不由自主地联想起当年"涉黄"撤版的中篇小说《坐牢也是军人》。

我有一部54万字的《阎纲短评集》,已经三校却迟迟上不了机器,说赔钱太多,责编急得团团转。一个青年作家见状,千方百计凑够3000元送去,当即开印。后来听说出版社还是赚钱的,朋友们气呼呼地训斥我:"这是你做好人发善心的下场!"又说:"软的怕硬的,硬的怕愣的,愣的怕横的,横的怕不要命的。有理走遍天下!"

"有理走遍天下,未必能走出出版界。算了,我认了,忘了吧!"

但是迄今不忘,忘不了那位青年作家。

我奇怪，王海你怎么知道《阎纲短评集》因出版社破产而叫停慷慨解囊使之顺利出版？又为什么悄无声息地？

我奇怪，你月薪不过百元上下，3000元啊，不是拿刀子割自己的肉吗？

你解释说："是我所得的报酬，不是薪酬，顺便拨款过去。"说得很轻松。

悄无声息做好事，"事了拂衣去，深藏身与名"，恨吾知之晚矣！

记得那年，我在你的彩电厂做客，特意看你，知你直言招祸、蒙冤受辱；知你打而不倒、死硬到底，说你真真儿一个"陕西冷娃"！故此，在西安座谈长篇小说《老坟》时，我特别强调陕西文学要发扬秦人宁折不弯的"冷娃精神"。

什么是"冷娃精神"？外表冷峻，寡言少语，庄敬实诚，认死理，一根筋，八头牛也拉不回来。此乃谓"南方的才子北方将，咸阳塬上埋皇上，陕西冷娃站两行"。

"牛犊顶橡树"，锲而不舍！

1988年，王海上西北大学作家班，年底，我向众学员们为1989年元月创刊的《中国热点文学》约稿，竞相赐稿，其中就有王海的小说《鬼山》，说的是一个犟牛脾气的灵魂联缀着战争时期到"文化大革命"再到现实世界的社会心态，简直一幅悲壮的风情画图浮世绘。王海肚子里有货。

当第二篇来稿收到后，我吓了一跳。这个叫作《坐牢也是军人》的中篇小说，主人公虽然犯了错误，那位女记者并不计较，死得光荣，作者下笔特别动感情。但是，毕竟犯了不光彩的错误，"扫黄"开始了，撤稿！他的第三篇来稿《丧情》，是由接生波及家家户户从而引发的恐慌和嗔怨，角度特殊，充满乡风乡韵，不料报刊整顿，《中国热点文学》1990年底停刊，《丧情》返归故里"五陵塬"。

陆陆续续又读了他的一些短篇例如《礼馍》、《山情》等，饶有兴味。一位不修边幅，痴心写作，敢于放纵笔墨的汉子（尽管不无自然主义式原生态照搬的痕迹），大胆透露出商品经济到来时农村阵痛的消息。阵痛！阵痛！

《感情》里玲玲最是可爱。一个在城里人眼中贬值的农村姑娘，反而让小市民主人黯然失色。在王海看来，厚土载德的传统美德神圣不可侵犯，乡下人比城里人未必低端。在城乡道德评价上，很明显，王海有所偏爱。

王海初期写作的语言文字干净、流畅，以情动人，细节传神，手则握笔，口却登场，观听咸宜，为百姓喜闻乐见，接地气！他写杨花，进城后人格上赢得尊重，却终究逃不出象征落后的乡土。

山路是如此难走，她的脚掌被山石垫得好疼，她记得过去不是这样。她浑身黏糊糊的。她想起城里的澡堂，那漫着热气的沐浴，水儿在身上抚摸着你，身上像小猫在抓，舒服极了。

数不清翻了多少山，她终于看见狮子岭。狮子好怕人，昂着头，坐卧在山上向天长吼。离狮子岭越来越近了，她心里越来越怕了。

农民失掉土地走向城市后的生存状况又将如何？农民一辈子要困守在"城市"么？柳青亲口对我说，他一定要让梁生宝走出去，看看外面的大世事。路遥的《人生》和《平凡的世界》尤其如此。在关于《人生》的通信中路遥告我说：农村和城市这一"交叉地带"，可以说是立体交叉桥上的立体交叉桥，许多人的悲剧正是在这一地带演出。解放后有过很长一个时期，种粮食的仍然吃不上粮食，特别是老区，这不公平！路遥坐不住了，路遥要描摹农民存在的状况，备述农民存在的价值，要赶在40岁以前替农民说话，《平凡的世界》出世。

柳青和路遥都是替农民说话的，但有所不同。柳青的《创业史》警示人们"严重的问题是教育农民"，《平凡的世界》似乎在大声疾呼：严重的问题是接受农民的教育！

曾记否，打工仔"寒门子弟"迄今上不起收费昂贵的城市学校，农民进进出出城市难免一场不小的阵痛。

悲壮而又凄凉，刚毅而又沉郁，坚毅创新的苦斗精神以及城乡冲突的恐慌感，具有特别重要的现实意义；情到深处笔颠墨狂，语言尖锐，人物被放置在矛盾的旋涡之中，具有的艺术的冲击力，足以印证王海的写作实力。果不其然，长篇小说《天堂》、《城市门》、《新姨》，一部接着一部，部部打响。

特别是《城市门》，写的就是农民失掉土地的孤独和无奈，就是惶惶不知其所之的阵痛。路遥名言："像牛一样劳动，像土地一样奉献。"但是，土地哪去了？

农民内心充满失落感！凡此种种，王海看清楚了。王海早期作品的困惑、迷茫甚至于恐惧，正像路遥从《人生》到《平凡的世界》、陈忠实从《蓝袍先生》到《白鹿原》一样，都为此后他的"乡土文学系列"或者叫"五陵乡土文学"的井喷作好思想上和艺术上的准备！

2001年《老坟》出版，在西安召开的讨论会上，我以《"冷娃精神"活化石》为题发言说："翻开《老坟》，首先读到的是龙夏文在饥民中遇见卖身葬母的秀，秀把仅有的一个馍献在妈的坟上。他将孝女秀领回家，我想起《创业史》序幕里18年年馑梁三老汉在饥民中领回宝娃母子的情景。"

这是一部不长的"家族长篇"。大旱，求帝王祖宗，下跪，唱大戏；发大水，求大禹皇帝，下跪，唱大戏。祖祖辈辈坚守陵园，也就是恪守礼教和族规。陵爷爷是个象征，象征礼教之仁正、雄大和族权的不可冒犯。它既威严又残酷，是一把命运的双刃剑。一切人性冲突、灵肉之战由此而生发，盗坟情结和复仇意识牵动着每个族人的心，且有一桩桩男女之事穿插其间，食、色，性也，人性善恶裸露，终于推出一位去莽撞而工心计的刚强汉子——冷娃龙夏文。夏文高举孝道的旗帜，决死为先人复仇，兴家与败家，忠厚与奸邪，族教与人性，道德与欲望，缱绻与决绝，上演了一幕幕出人意料的悲剧。

作家王蒙读完《天堂》和《城市门》后，评价颇高，写道："描写农村本来是中国当代文学的长项，可惜反映30年来历史巨变的成功之作尤其长篇之作并不多见。《天堂》不同，这是一部值得重视的作品，我愿意为之作出个人的真诚推荐。"又写道："王海写了农民离开土地的失望、痛苦和无奈……写出了新一代农民在二次创业中的艰难困惑，寻找生活出路惊天动地的感慨豪情。"

令人惊讶的是，早在30多年前，王海就在小说《感情》等作品里开始关注城乡的变化而把道德的天平向着农民一方倾斜，只是看见他的人还不多。要么看见了，觉得他一俗、二土、三野，不登大雅之堂，然而，就是这俗而土、土而野的小说里蹦出一个个生冷蹭倔的冷娃冷小子。王海早就铁了心，写的就是硬汉子精神的"冷娃文学"。

是故，王蒙不无激动地说"陕西作家写绝了。王海也有他绝的地方"。王蒙给王海插上翅膀，飞出国门，扬名海外。

小说《老坟》获美国"国际文化与科学交流奖"；小说《天堂》改编成话剧《钟声远去》获国家文化部"优秀剧目"；2009年在德国法兰克福国际书展会上，《天堂》被推荐为"中文必读书"。2011年小说《城市门》出版，2012年荣获陕西省"五个一工程"奖，被长春电影制片厂改编同名电影《城市门》。

王海现在的地位变了，陕西省长篇小说委员会副主任，咸阳市文联副主席,陕西省大学生文学创作导师,咸阳文物旅游形象大使,咸阳文学院名誉院长,陕西省作协副主席并创建宏伟的秦汉文史馆,头衔多多。王海馆长啊,学王蒙吧,爱才如命,鼓励创新,大处着眼接地气,下笔如有神。

日月如梭,转瞬间30多年过去,赠你8个大字,达我贺忱:

城乡抵牾　五陵独步

谁是我的"贵人"？

——治癌军医黄传贵的故事

忆往昔，1932年，猴年7月，生我的月子里，爷爷请来老娘婆给我放胎毒祛风防疮疖，嫩豆腐似的胳膊和额颅血迹斑斑。又请来个老巫婆算命，说："七月的猴，漫天游。"可不，进省城、适大邑、上京城、贬"云梦"（古"云梦泽"，湖北咸宁向阳湖文化部干校）、过五关、查三代、下"油锅"、"得解放"、回北京，日月如梭，惊回首，一叶扁舟万重山。

1993年，南阳武侯祠，见一妇人持签揽客。周大新尽地主之谊，拉我和周明算命，连抽三签，周明签签泛红，"上上签"，一生走红运。我签签泛白，"下下签"，一辈子倒霉。妇人念我命运多舛，分文不取，反过来安慰说："七十有吉，八十元凶；流年运起，晚年多福多寿。但要有贵人相助。你等着救你的贵人出现吧！"又安慰我说："你这位师傅人生路上会遇到贵人的，你信我的签吧，准没错！"你给出路，大新付钱，她收下了。

半个多世纪以来，我仍游走他乡，乡关远矣。

谁是我的"贵人"呢？

故事发生在 1986 年底。

黄传贵，云南军区干休所的军医，草医世家"黄家医圈"第八代传人，毕业于第四军医大学，以诊治疑难病症特别是诊治癌瘤闻名本土。

我拜访黄传贵。见他给人看病，先切脉，后看舌苔，不等你开口，马上说出你哪里长癌，术后情况如何，还有些什么疑难病症，患者连连点头。

黄传贵，人称"活着的白求恩"，不但医术精湛称奇，而且医德高尚富有人情味，是个大善人。他救危扶困的感人故事说也说不完。

我在确认此人旨在救人、"一切为了救人"之后，当即拍板，破例在《中国文化报》上连载李炬的长文《忧患在元元——治癌军医黄传贵》，反响极大。

黄传贵不但是个善人，而且是哲人，时过不久，他的"黄家医圈"理论被总后专家组论证通过，荣获军队最高的科技人才奖"科技功臣"称号，更令人吃惊的是他完成了一部有关以"中生万物"为发生的宇宙运动和图环命理探秘的大著：《黄氏圈论》，专家们称其为"哲学的创新体系"、"尘封千年的新思维"。

我跟他结为友好。

1987 年炎热的夏天，黄传贵在京开设临时门诊，要我住他那里为我髌骨骨折术后治疗。新结识的朋友难得一块儿吹吹牛，也就不客气地搬到解放军总勤部后白石桥42号，同施廷荣医生一共三个人挤进一间小屋。

我亲眼看见一条壮汉，两行热泪，倒头便拜："黄医生，老人家见好了，见好了，我替他给您磕头！"

我亲眼看见黄传贵把一位老战友轰出门去，因为他送来几只活鸡让他补身子。他很恼火，气呼呼地斥责道："再来这一套咱俩绝交！"

我亲眼看见排队挂号求医的人长如盘龙。

黄传贵每天忙到深夜，不是加班看病，就是配药包药，我白天上班，常常两头不见他的人影。他晚上回来，头一句话就是道歉，生怕耽误了我的按摩。月落星稀，夜深人静，我平躺着，他一旁歇着，对着我的耳侧，会心地微笑。一天难得谈心的时刻到了，你一言，我一语，探究天理，感慨人生，倒也十分惬意。凌晨一时以前他没有上过床。

一天夜里，他激动起来，边按摩治疗边给我口述一封患者的来信：

敬爱的黄大夫：你好！

我今天冒昧给你写信，打扰你了，希望你在百忙之中读完这封长信，理解一个患难之中的女性之心。

我是江苏人，我的爱人是上海人，我们是在响应毛主席知识青年到农村去接受贫下中农再教育时走到一起的。现在回想起当初的恋爱生活，还感到人间的幸福。但是，不幸的是，当我确诊为癌症之后，他毅然抛弃了我，另寻新欢，丢下两岁的孩子。

我平素身体健康，在一次无意中检查的时候，医生宣告我患了肝癌，宣判我的"死刑"。我不服，"上告"北京。北京几家医院驳回了我的"上诉"。现在，"缓期执行"到期，我躺在解放军三〇一总院的病床上。通过朋友介绍，通过报纸上介绍，得知你有八代家传的医术，特写信求你。

我两岁半的女儿托付给亲戚朋友后我才能死去，八十高龄的老母双目失明，如果我死在她前面，不难理解她后面的惨景。我现在已经准备好敌敌畏，必须把我的母亲毒死，把她火化以后，才能尽完作子女的义务，到九泉之下才能得到安宁。你能理解吗？求求你了。

笋梅　草于北京

这封信狠狠地刺伤了黄传贵，所以深印在他的脑海里，他以惊人的记忆力准确无误地把全信背诵下来。他擦了擦泪水，然后说："我明天中午就去三〇一医院！"

我不能不佩服黄传贵超强的记忆力。他在13岁父亲去世之前，已经朗诵《黄帝内经》、《本草纲目》，熟记"三诊法"、"四脉组"、"五诊合参"，并囫囵地死背硬记代代口传的"圈圈医学"（即现已整理出版，具有独立体系的"黄家医圈"学说）。他熟记3738个单验方、437个单味药和15个祖传秘方。正是从幼年起便开始造就的记忆力，为他此后专业的攻关插上了智慧的翅膀。他读书、看报，几近乎过目不忘；经他诊过脉的，不知多少人留在他的记忆里，哪里人、什么病，他说得出，甚至能叫上名姓！这到底是个人禀赋，还是高度的责任心？我想起江姐——烈士江竹筠，她在狱中因为没有学习材料，便调动超强的记忆力背诵和默写毛泽东的《新民主主义论》和刘少奇的《论共产党员的修养》。

又一天夜里，我一边接受他的治疗，一边听他背诵另一封信。

黄传贵大夫：你好！求求你了！

我面向北京大声地呼叫：黄大夫，求求你了！

我希望你用妙手回春的医术，让我在这世界上再活3个月，完成我心中的还愿。

我和我的丈夫同生在一个村庄，同上一个小学，同时一起走向生活。我们度过了童年，度过了少年，度过了青年，进入壮年和成年。在这个过程中，我负丈夫的太多了。在学生时代，当我患了严重的风湿性心脏病的时候，他毅然和我恋爱。当我的病情严重而不能自理生活的时候，他毅然和我结婚。婚后，他在百忙的工作之余，总是无微不至地关照我，使我饱尝了人世之间的幸福。可是万万没有想到，在9月前的一天，他的生命被一次工伤夺去了，我万分痛苦。我天天盼、月月盼，只盼我们夫妻二人在九泉之下相会，然而，事与愿违。

令我欣慰的是，前几天，我痰里带血，到医院一查，医生很忧郁地说我患了肺癌，而且有部分胸水，认为我不能活过3个月。医生和我的三亲六戚奔走相告，但是我没有感到痛苦，反而感到是一种幸福，因为，很快我就可以在九泉之下和我丈夫见面了。

我去看望了我丈夫的坟墓（我用他的抚恤费在大同山脚下为他修了一座坟墓），坟墓却被牛踩塌了，这一脚踩在我的心上。根据我们家乡的风俗，必须满三周年后才能重新垒坟，但是，医生说我活不到3个月，所以，我希望你使我在这世界上再活3个月，让我把他的坟墓修好后再离开这个世界，九泉之下与他相会。那时，也许是我唯一感到宽慰的事。求你了，我给你跪下了，拜托了……

大同煤矿一个求医者

念到"我去看望了我丈夫的坟墓，坟墓却被牛踩塌了，这一脚踩在我的心上"时，他重复了三遍，声调衰微，略带哽咽。日光流年，星移斗转，难忘此番情景。

那天夜里，黄传贵还背诵了一封青年妇女的来信，求黄医生用什么办法能使她肺癌晚期的爱人将死期推迟到八月十五，好让她好好包上一顿他最爱吃的生日饺子，再献上团团圆圆和和美美的大月饼……可惜当时没有把这封信记录下来。

一天，黄传贵从沈从文那里回来，神情黯然，说：你们作家的身体堪忧啊！积二十多万份病历之经验，大体可以得出这样的结论：第一，患癌症的大多是勤劳者，懒人患癌者少，所谓"好人命不长"；第二，健康人得癌多，残废人得癌少，所谓"弯腰树不断，痨病人不死"；第三，过分感伤者易患癌，乐观主义乐天派较少得癌。还可以再引申：乐天派、乐观主义者即使长癌，也比"过分感伤者"容易治愈。我说："你这是经验之谈，信而不诬，作家艺术家情感丰富，容易冲动，敏感而多愁，英年早逝的一个接着一个，非常可惜。我再给你续上一条'环境污染严重的地方易得癌，山清水秀、海清河晏之治人寿年丰'。"黄传贵默然，沉思良久。

（沈从文之后，作家贺敬之、高占祥、鲍昌、张志民、葛洛、冯牧、唐达诚、宗福先、余秋雨、陆星儿等作家都请他看过病。他4年内给巴老先后看病不下8次。他轻轻走近巴老，小林对准老人的耳朵高喊："爸爸爸爸，黄传贵看你来了！"有作家问："作家为什么容易得癌？"黄传贵说："忧患在元元，也许感伤过度！""忧患在元元"，正好是写他的那本书的书名。）

我记录下的最后一封信其实是个便条，字迹潦草，黄传贵把它亲自带回向我展示，要我帮他一一辨认。每一句话都是燃烧的子弹：

尊敬的黄大夫：您好！再见了！

　　我们来自五湖四海（河南、河北、山东、山西）。我们卖了牛马羊猪奔向你来，为的是求你救病，然而，到今天整整3个月了，我们还在百米之外，还在原地踏步。我们亲眼看到了那些不排队而插队加塞的人把我们挤在原地，我们亲耳听到铛铛的电话铃声之后，眼巴巴地看着小轿车一冒烟把你接走。唉！老天就是这样不长眼，上帝就是这样不公平。如果还能给我们多一点一生的时间的话，我们最后的任务就是把那些不排队还插队特别是一个电话就把你占去的人统统杀掉，从中央到地方……

　　　　　　　四个互不相识未能看上病的人

　　话说得很狠，要上纲，不得了，可是，他们顾不了许多，想到什么说什么，命都搭上了，他怕谁？

　　当死神步步进逼的时候，爱情、亲情、友情发出紧急呼救，一呼一行泪，一哭一滴血；当死神向癌症患者频频招手的时候，灵魂的审判最无情。

　　男儿有泪不轻弹，何况医生，但是黄传贵哭了。大量来信的浩叹和悲鸣，不断地击打他的神经、叩问他的良心。黄传贵是亲情在死神步步进逼的时候被急切呼唤的生的使者，他用自己透支的生命延长一个个垂危者的性命，拯救一颗颗美丽的灵魂。

　　面对以上3封信，我深思良久。我被一曲曲人性的哀鸣所感动。人生一世，受感动而刻骨铭心的事能有几回？我的生命载不动这巨大的分量，我的心昧不尽如此裸露的真情。菩萨心肠延长一个垂危者的性命，亲友情分拯救一个人的灵魂。我想，凡人，唯有在生离死别的时候才不至于虚情假意，假得就像待人处事自觉不自觉地演戏那样。人们不论是上天堂还是下地狱，不论是变神还是变鬼，阴阳界上、奈何桥边、鬼门关口，总得把面具摘掉，哪怕你并不是任何场合都把面具戴在脸上。

　　命都搭上了，我怕谁？

　　啊，心酸的来信，亲情的绝唱！

　　啊，人啊，爱人吧，救人吧！死亡面前人人平等，让我们死得有尊严，让我们在大爱中求得永生。

　　此后的日子里，黄传贵睡得更少了，人也瘦多了。我看他是有意这么安排的，为了尽量挤出时间多看几个病人。吃饭走过场，中午加班，通常是什么时候看完病人什么时候下班，因为许多患者往返跑了多次，花销很大。然而，他是昆明军区的人，必须执行军务，不能常驻北京一地。尽管如此，凡是患者找他看病，他尽可能地给他们诊断和治疗的机会，并给予病人以人道主义的爱抚，让他们起码在精神上站立起来。他说：

　　"我没有任何理由多嫌癌症病人，我是解放军！我常常想，在80多岁老母面前，我不算孝顺的儿子；在年轻的妻子面前，我没有尽到丈夫的责任；在幼小的子女面前，也够不上合格的父亲，可是，在千千万万的患者面前，我却应该而且必须是一个真正合格的医生。"

我结识黄传贵20多年，也是激励我钻研人生、升华人格、安妥我灵魂的20多年。他还启迪我在破除个人迷信推倒"三突出"之后，十分清醒地抗拒文艺思潮中的"非英雄化"倾向。

"遍地英雄下夕烟"（其实，没有那么多真正的英雄）；"世无英雄"（反历史，不足取）；"英雄成千上万，可惜我们的文艺家没有去找他们"（仍有现实意义，只不过各人心目中的"英雄"大异其趣罢了）。

我坚定地认为，我们的文学续写阿Q、续写李铜钟的同时，应该大写黄传贵等解放思想以来涌现出的英雄、模范、英才、杰出人物。社会转型期，英雄辈出。当代英雄，就是优秀传统的继承者、现代文明的创建人；就是鲁迅说的埋头苦干的人、拼命硬干的人、为民请命的人、舍身求法的人；就是以人为本造福人类并为万人仰慕的也许看似平常的人。

人以文传，文以人传，最终归结到对人的关怀、对英雄的礼赞。

爱人，必然爱英雄；寻找真正的英雄，是文学即人学崇高的向往与追求。

黄传贵行医夜以继日，从不停止对于"人"的思考，其"圈环命理图"是依据博大精深的"圈圈"学说大胆设想引申而成的性灵之作，充满奇异的想象力。他通过30余万份病历的医学实践，发现生命（"物、神、性"）的运动以及"圈环命理图"所显示的人体运行的秘密，生机贯注，元气淋漓，进而发掘生命的无穷潜能，尊重人的价值和尊严，期人以颐寿天年，洋溢着人性的关爱和自强不息的进取精神。

它像诗一样，富有智慧和热情、灵感和意境，又像数学一样，充满天书般的神秘和哥德巴赫式的猜想。

黄传贵来京，参加全国政协十一届一次会议，其间，我们从巴金2001年底在第七次文代大会上的祝词（组织上代拟）被"假"了一把，聊到多家媒体以显著的地位报道了黄传贵为巴金老人复诊的消息（媒体描述：黄传贵的三个指头按在巴金的腕上，然后对着老人笑了笑说："哦，你现在的脉象比起两年前要好得多。"）再聊到巴老的生死，从生死聊到基因，从基因又聊到文学，问他："你寄希望于文学的是什么？"他说："还应该触及人的生物性，没有生物性便没有个性。"我自愧懵然。

2009年将尽之日，黄传贵来京，一、他编着的900多万字的丛书已经完成600多万字，计有《天然药8464种诠释》（《本草纲目》仅收1892种）、《中医肿瘤临床1000方》、《疑难杂症5000方》、《高原卫生常识》、《食疗6000方》、《单方验方6000方》等，春节前后由人民军医出版社出版（以上各书2013年总后逐一出版，下发全军各基层）；二、受命负责备受全世界关注的基因健康的中医学研究，他说："'转基因'已经广泛应用，更大规模的'基因混合'也不是不可能，人的预期寿命可以延长到120岁以上，基因破译工程将震惊全人类而变得非常可怕。"我们又从基因聊到文学，继续问他对文学还有何期待，他说："三才者，'天、地、人'，大千世界无限大，其外无大、其内无小；'圣人不利己，忧济在元元'，你们作家胃纳狭小，又吃偏食，想象力不够丰富。还是那句话，文学应该触及人的生物性，没有生物性便没有个性。"

闻者渺渺，依然是懵懂。

"'人之初，性本善'，非也，人之初，小动物也，婴儿吃奶时，会用脚抗拒另一母胎婴儿的争抢，人与猿猴的DNA遗传差异仅仅是1%～4%！同样吃惊的是人身上还有近3%和低能的毛毛虫近似的极其落后的遗传基因。"

旋即又想，可不是吗？外国有西蒙妮·波伏瓦的《第二性：女人》，从心理学连同生物学一并剖析了女性独立的存在；中国有史铁生的《我和地坛》和《病隙碎笔》，也是心理学、神学连同生物学一并解析了生命的秘密——不是更加富有人性的深度吗？

审美活动极其复杂，既涉及物质生产又涉及精神生产，既是心理活动何尝不是生理活动！

据权威人士称，神经科学可以准确地测定同情心、正义感、仁义之性在人类大脑中的位置，"人"不是"兽"，所以，"人之初，性本善"是有科学依据的。

我不认命，但不能不认基因。"仁者寿"，智耆也寿，人类越来越有望掌握自己的命运，安排个体生命存在的方式，文学啊，传神写照，正在阿睹中。

我结识黄传贵20多年间，跟他吃住在一起好几个月，随同他去各地巡诊多次，从旁观察他给癌症患者摸脉、看病查房凡千人次，促膝谈心不计其数，天上地下，显学玄学，无所不谈。

黄传贵和我是君子之交，见面就辩论，每有创见，非常虚心却相当自信。我被他的人格魅力所征服，也被他大胆的设想所震惊。

一颗菩萨心肠，一切为了救人。我常常对朋友说：人不堪其忧，贵不改其乐，贤哉，贵也！

到底，谁是我时来运转的"贵人"？

多少患者不是愁着进来笑着出去？多少患者弥留期间不是企盼着他亲手擦拭眼角的泪花作临终前最无憾的安魂？他博学多识，《圈论》一书闪耀着哲学的光芒；他富有创造精神，军医大毕业后刻意于中西医结合，面对弱势群体缺医少药的窘迫，擎起"中国民族民间医药学"的大旗创立中国民族民间医学；他向以某将军的赠言"名在民中"自勉自慰，在全国政协会议上，他的提案向着缺医少药的弱势群体倾斜；在军区医院，只要是他的门诊，挂号处早早排起长龙，但一个电话他就得火速飞到首长床前，我跟他急，他对着我的耳根平静地说：

"阎老师，你放心，我是山里人，绝不会被少数人所占有。"他背着八旬老母小跑着直抵八达的峰顶，洋人和众人热烈欢呼；他荣获多种奖励，但他最珍惜的是"敬老好儿女"的勋勉；女儿车祸，他秘不告人，照常门诊，当着孩子的遗像他放声大哭，万籁俱寂，夜，已深了；他不知道自由自在、全身松快地躺到床上睡个囫囵觉到底什么滋味；他国内外到过多少大都名城啊，没有一回消消停停徜徉街头饱览名胜。他给予我为人之道，他给予我哲学的睿智；他给我切脉没有一回不准确，他的"黄氏特制胶囊"供我服用20多年至今。

此刻，一封邮自广东山区，插着三根鸡毛的快信，揽在我的怀里，是我当年从黄传贵那里索要来的，至今保存完好，只要用手心轻轻抚摸，鸡毛便跳动起来，毛茸茸的，那是生命的脉动。

我的"贵人"还能是谁？

将军一声吼

我说的将军,叫尹武平,从士兵一步步升为带兵的师长,退休的少将。

退休后,他写了大量的散文,其影响飞出军营。王蒙赞曰:"武平将军的散文风格如果不是真情实感的记录和豪迈精神的表达,我反倒有些奇怪了。"

这里,我只说说尹武平的散文《牵一缕清风拂利剑》所给予我的艺术打击——震惊!

作品发表在最新一期(五月号)《美文》杂志上。

形象大于思维,先做个文抄公。

先做个文抄公

《牵一缕清风拂利剑》总共写了两大段、三小节。

第一大段:题目是"品味好话"。说的是共和国少将的他,从带兵的军区副司令员位上退下来后,应酬性的活动越来越少,好听的话却越来越多。忽然有人傲慢地说:"不要以为写几篇文章就是散文了！"想听听他的高见，远处却传来叫卖老鼠药的吆喝声。原来是午间一梦。

"听到好话不要就以为好得不得了忘乎所以，听到不好就以为一无是处而妄自菲薄。"——"这就是我从听到的好话中得出的一点味道。"

第二大段：题目是"牵一缕清风拂利剑"。他说："我们师是一支声名显赫的红军师，是一柄横亘在西北大地上随时准备出鞘的利剑。我既然做了一师之长，就铁了心与战友们一起，要牵一缕清风，拂利剑之尘。把部队建设成为敌人很害怕、上级很放心、官兵很信赖、人民很拥护的雄师劲旅。"

下分三小节，讲述三个故事。

他受命于危难之时，由于特大火药燃爆事故十余名战士不幸牺牲，全师士气空前低落。"士气低落还不是最令我担忧的。最使我担忧的是那会儿腐败之风已肆虐部队，军营里也出现了权钱交易的恶习。"

陆续有人或亲属送钱、打电话来。真要面对敌人要作出牺牲时他们会不会以金钱换来赧颜苟活？"我不寒而栗啊！""签字笔不知何时被我捏断成两截！"

索性推开窗户，让冷空气帮我稳定一下情绪，又见外面操场边上数月前栽的一行行雪松，有几株经不起风吹雨淋，歪歪扭扭地斜仁在那里，随后抓起电话接通了营房科长赵忠诚，告诉他：弄根钢管把那几棵雪松支起来，树既然活着，就让它直

_161

溜溜地往上长吧!

他主持制定《士官选取方案》,"先过群众关,再过领导关","这是我的手机号:×××……整天24小时开机"。

第二个故事是说他发现战士吃不够伙食标准,把食堂伙食当成"唐僧肉"讨好上级。

人们会看见,现在全军陆海空军和火箭军官兵用餐的方式全是"自助餐",就是他尹武平把"自助餐"引入军营的。

第三个故事:"我那天吃了豹子胆!"

集团军政委要给他"交流安排两个团职干部",他没有同意。第二天,集团军政委亲自来了,坚持说:"交流给你们的干部必须接受。"

"晚饭照样是一桌丰盛的酒菜,推杯换盏中,大家都说着那些言不由衷的官话、套话、奉承话。"席毕,政委一行要返回军部,师常委们排成一行送行。喝得微醺的政委下车走来,手指着他说:"尹武平我告诉你,你以后能不能提升,我的意见可是很重要的!"

尹武平猛地一怔,"这不是赤裸裸的威胁么!"他愤愤然:"政委,我是一个农民的儿子,能干到师长已经是超常发挥了。"接着,提高了嗓门,有力地挥动了一下右手,斩钉截铁地说道:"只要我把这个师带好,上级要提拔我,你一个人是挡不住的!"集团军政委愤然回身,小车一溜烟似的驶离营区。

他喝口水,平静下来,扪心自问:"我没收部属一分钱的礼，在这个节骨眼儿上，我若不替这些肯实干有本事不会巴结上级的优秀部属说话，我还配做这一师之长吗？"

抄后赘言

以上是散文《牵一缕清风拂利剑》，牵一缕清风，拂利剑之尘，决然晒出四个长短不同的故事。

恕我抄录过繁。鲁迅说："《小说旧闻钞》，该钞还得钞。"此情此景，转述和评点肯定会走样。

形象大于思维，故事本身具有极其强的说服力。

他"先过群众关，再过领导关"，自上而下践行民主。

他的任何改革决策一概经过师常委讨论通过。

他的"自助餐"用餐方式，是经过军委充分肯定后走进全军陆海空军和火箭军官兵的食堂。

他敢于当面顶撞军部的领导："只要我把这个师带好，上级要提拔我，你一个人是挡不住的！"

他扪心自问："我没收部属一分钱的礼，在这个节骨眼儿上，我若不替这些肯实干有本事不会巴结上级的优秀部属说话，我还配做这一师之长吗？"一腔热血，两袖清风，完全有资格代百姓立言，是最称职的人民代表。

现场记述、"田野调查"，够锐利够痛心够震惊是吧！不像"正能量"就是"负能量"吗？然而，凛然亮剑，直言善谏，绝对地"以人民为中心",货真价实的"中国故事"!

　　将军一声吼,军营为之变色。

　　将军一声吼,响遏行云,走出军营。

　　雄哉将军,韩城乡党司马迁的遗风。

　　名将之花常开不谢,美如璀璨的五彩云霞。

2019年5月9日夜北京古园

长长的路,慢慢走

儿时的夜总会

老屋的"南半个"开了个"豆腐坊子",豆腐坊的主人是我七爷,孩子们叫他"豆腐爷"。

豆腐爷生性谦和,幽默好客,喜欢小孩,是个"热闹人",每天晚上,豆腐坊子成了阎家族人的夜间俱乐部,高朋满座,熙熙攘攘。

我是这里的常客,由于听话、念书,唱歌又唱戏,是豆腐爷最最欢迎的人,别人白喝老豆腐他无可奈何,我不喝他硬要我喝,还叫我"只要到豆腐爷这儿来,把洋瓷缸子带上"。

我每每坐在锅头的烧火灶旁,那里暖和,而且可以烧火玩。但我的兴趣在捕捉来访者的每一个自由发言,尤其是说话不带标点的、各不相让的唇枪舌剑。豆浆锅烧开以后,改用文火,这时我们把带来的大白蒸馍埋在炉膛的内侧,轻轻地用热灰盖住。炉膛外的火,越烧越旺,你的故事没来甭想插上嘴,日本鬼子蒋介石,本地庙会西洋景,东家长李家短,神神鬼鬼,男男女女,天上地下,婆娘女子娃,一水儿的人情世故,比看小说看戏还舒坦。其语言更为生动,大众口头语极富感染力,让我尤其折服。我有心步大戏剧家范紫东的后尘,不但会唱、会打,而且写戏本,当戏剧家,所以对大众口语格外钟情,默默地印在心里。

等到卤水点完豆腐,豆腐爷一招手,你一勺,他一勺,双手捧住,吸溜一大口,烫得嘴唇直吧嗒,然后,放下老碗,一齐上手,帮豆腐爷压豆腐,算是没有白吃白喝。

夜深了,"看还有啥收拾的?"众问。豆腐爷说:"都回去吧,明儿早些来。"

第二天天不亮,豆腐爷把豆腐推到街市上。豆腐是一流的,紧绷绷的像粘糕,能拿秤钩子钩着称。

天擦黑,豆腐坊的常客们早早去了,不好意思地,又觉得没有什么不好意思。

豆腐坊里给我终生的启示,是搜集活在大众口头、具有强大生命力的语言刻不容缓。于是,回到家里,便将豆腐坊里听到的活口语记在本本上,乐此不疲,越记越多。

农忙季节放假,母亲要抽我的"懒筋",便赶我到舅舅家里帮忙干活。舅舅家穷,住在地下露天的土窑洞里,窑洞冬暖夏凉,笑声、歌声以及小舅跑壮丁从宁夏买来的媳妇疼我爱我的妗妈擀面的响镯声,交响和鸣,整个窑洞的空气挂满了音符,欢声笑语,其乐融融。白天干活,晚上唱戏、说闲话,同村里的人接触颇多,常往农家场院里和人堆里钻,借机搜集了大量的民间谚语和绝妙的口头语,偶有慧心,编编唱词练练诗。我的那个本本越来越厚。

　　打场收工后,在场院的井旁、桑间阅读《卖油郎独占花魁》、《乔太守乱点鸳鸯谱》、《玉堂春落难逢夫》、《白娘子永镇雷峰塔》、《杜十娘怒沉百宝箱》等"今古奇观";或干吼"桄桄乱弹",刺破秦川原野上夜的孤寂。我学会各种农活,而且干得很巧,动作潇洒,虽累不疲,这使我日后受用不尽。"文革"期间,两次被打成现行反革命,劳动改造中加倍地累苦,但是,什么活也没有把我难住。

　　打自小我爱看戏,戏曲成了我毕生在读的艺术学校。

　　戏曲的唱词就是我心目中最早的诗;戏剧冲突成为我理解艺术的重要特征;戏曲的对白使我十分看重叙事文学的对话描写;戏曲人物的脸谱反使我对艺术人物的性格刻画产生浓厚的兴趣;戏曲语言的大众化使我至今培养不起对洋腔洋调过分欧化语言的喜好;戏曲的深受群众欢迎使我不论做何种文艺宣传都十分注意群众是否易于接受。

　　渐渐长大,戏曲在我心目中的审美特征日渐突出。《平贵别窑》里一步三回头的种种动作表情和声声凄厉的叫唱撕心裂肺。《十五贯》里娄阿鼠同算命先生言语周旋、顺着锣鼓点在条凳上跳来跳去,将猜疑和恐惧推向极致。《蝴蝶杯·藏舟》和《秋江》不论是说、是唱都在当夜的江中央。《打渔杀家》里桂英女前台焦急地等待老爹,后台同步传出"一五!一十!十五……"的杖击声声声入耳。《四进士》里宋士杰撬门、偷书、拆书、抄书,边动作边唱出的惊恐与激愤惟妙惟肖。特别是我省陈忠实、贾平凹赞不绝口的秦腔，"八百里秦川黄土飞扬，三千万（当年计数）人民吼唱秦腔"，不是唱而是"吼"！不论大净如包公还是小生如周仁，一概发自肺腑地吼，借用全身力气吼，看，我来了！

正是这样唱着、吼着，凉州词、塞上曲，黄沙百战穿金甲，万里黄河绕黑山，更催飞将追骄虏，相看白刃血纷纷，呼啸厮杀，何等悲壮啊！

天长日久，不知不觉，我被秦腔引以为荣的艺术个性所浸润——那高亢苍劲、凄楚悲壮，那繁音激越、热耳酸心，还有秦腔作为秦风、秦声所代表的大西北人倔强的硬汉子精神。

戏曲启发我从事"情欲学"的文学写作，一要语言有味观听咸宜；二要用形象表现；三要用细节传神。

绘画与音乐、造型美与语言美，在抽象或半抽象的写意空间巧妙融合，在象征性的一席之地演绎出一出出人生大戏，那样夸张真切，那样谐和优美，那样淋漓尽致，那样入耳入脑、沁人心脾。啊，神妙的精神艺术！

当然，钟爱戏曲艺术也带来艺术趣味的偏颇，人物刻画的扁平极易导致形象的脸谱化，直、白、露，我都认账。

集腋成裘，我把那些采集到的绝妙好词编成两大本子，投给北京的《民间文学》。1956年兰大毕业，分配到《文艺报》当编辑，和《民间文学》同在王府大街的文联大楼，真叫巧啊！《民间文学》主任陶阳接待我，说他记得那两个厚本本，后来不知去向，忙忙乱乱中不翼而飞，非常非常抱歉。我非常非常伤心！

礼泉烙面赋

天降甘露,地出礼泉;家乡味美,美在烙面!

不要说它是"涎水面",它是山珍海味无法代替的乡情美食;不要说它是贫困地区的土俗,它的品位相当于北方的饺子、南方的汤圆和团团圆圆的月饼。

凡是出生在陕西省咸阳市礼泉县的人,都有一种"浇汤面"情结,也就是说,不管你走到天南海北,每逢佳节思亲之时,总会想起"浇汤烙面"来。"浇汤烙面"能使你想起生你的母亲、养你的土地;想起你的童年,想起家乡的风土人情;想起三姑六婆、三老四少、幼年的伙伴和人生的道路,记忆所及,甜蜜又美好。

家里再穷,大年初一总能饱饱地吃上一顿"浇汤烙面",那种有滋有味的满足感,那种滚烫、热烈、融洽和忘形,简直无法形容。

打自小,我最爱吃的就是"浇汤烙面",最爱听的话就是"烧汤!"

那年腊月,一个大早,《咸阳报》的记者鲁曦送我回到礼泉县城。一年不见，城建大变。在新修的二环路上转了好几个圈子，方才到家。看看，在生我养我的黄土地上，自己反倒变成个土老帽、异乡人。

二话没说，先烧汤。一股难言的香味直扑鼻子。鲁曦问："这就是你馋得直流口水的'浇汤烙面'？我从你的眼睛里已经看出来了！"我没有说话，一个劲儿地憨笑。鲁曦对着家人说："这次春节文艺晚会上，阎纲老师即兴念了一首藏句诗，'我本峻山郎，信爱走四方；思乡近咸郡，郡在水之阳'，斜下来，正好是'我爱咸阳'四个字，倒也十分地贴切。当主持人问到阎老师向家乡父老说点什么时，他抓起话筒不假思索地说道：'去到北京四十年，年年想家乡，想礼泉的浇汤烙面！'特别动感情！"

推让半天，鲁曦就是不吃。说也难怪，礼泉的浇汤面，传统食品，诨号"哈水面"，也就是汤里带着别人的哈喇子（口水）的一种汤面条。这是真的，因为肉煮的汤实在太香，又因为老辈儿的人实在太穷，所以，吃完面后，汤仍倒回锅里。说不卫生吧，真的不卫生，但是，高温消毒，一家人吃个团圆、吃个近乎，你中有我，我中有你，气氛热烈，欢乐异常。然而，毕竟不很"那个"，现代客人勉强下口，也实在有点"那个"。尽管在吃法上有所改进，改得还不到使人绝对放心的地步，何况，人家鲁曦，山东女士，一尘不染。

岂知，烙面之于我甘之如饴。

一声"烧汤",厨房里即刻飘来诱人的香味,是肉香,又非肉香,而是胡椒大料花椒桂皮酱油辣椒陈醋样样调和"咬"在一起妙不可言的一种奇异的骨头肉汤味。你要是溜进厨房一看,呀,那滚沸的肉汤更是诱人,上面飘着一层蒜苗丝儿和菱形的鸡蛋皮儿,下面,殷红红的,就是一口气吹不透的辣子油,再下面,清清的,浓浓的,略带酱色,是鲜香可口的肉汤,此刻,你会发呆,哈水(哈喇子)就要流出嘴角,你有点不好意思。

"涎水"即口水。涎(xián)在这里读"hán",与"哈水"的读音相像。我们礼泉方圆左近把"咸"叫"hán",故读"涎"为"hán"也很自然。是不是古代周秦汉唐"雅言"的读法,待考。也许"涎水"就是"哈水",难说。"浇汤面"俗称"涎水面",不无戏谑意也。

礼泉的媳妇会调汤,这是家传,是新媳妇的能耐和出嫁的合格证明。她们能把各种调和"咬"到一起,诱人胃口。家乡人口重,因为活儿重,"好厨子一把盐",咸也得咸它个浓香扑鼻。我来北京后,常为吃不上"浇汤烙面"而起急,为此,老家托人捎过烙面给我,本县劳动模范王保京晋京开会,给我带过,遗憾的是,纵使你臊子多油、味精多酷,任凭你百般调试、千般忙碌,人家汤就是出不来味儿,干着急呀!

当一家人的哈水快要流下来时,"浇汤面"又好像故意吊人胃口似的,一碗只给你挑上一筷子,大火滚汤,浇来倒去,浇得滚烫,你只消用筷子轻轻拨开红红的油层,可见一根根细长细长的面条莲花状地盘卧在碗底,如何滑溜美味自不待言,此刻,还没有动筷子,你的额头就冒汗了。

准备战斗吧,你是小伙子,你就准备干它八九十碗。急急忙忙地吸溜,慢慢悠悠地咂嘴,这时候,全家人说不出的融洽和幸福。

"浇汤烙面"味道奇绝,做法也奇。要做烙面,先摊煎饼。摊煎饼须选二箩箩上等面粉,和稠搅匀,越匀越好,像揉面一样,功夫在耐力;逐渐加水,再和再搅,直至特别黏糊状,功夫在稀稠;然后在麦秸火上架平底锅一勺一勺地摊平、抹圆,翻个个儿,烙成粗布一样厚的薄饼饼,功夫在火候;晾凉之后,用擀杖碾平,折成手掌宽的长条,集中起来,再压瓷实,数小时后,利刀切丝,功夫在刀杖;最后,码齐堆叠如葵花、如蒲团,存放一个冬天不成问题,功夫在灵巧。吃的时候,抓一小把放在碗里,再放一疙瘩大肉臊子进去,难怪它滚汤浇拌之后,入口筋道,再嚼即化,筋道有嚼头,松软好消化;难怪远近传说"皇上一碗下去满头大汗,二碗咽下肚腻去胃开,三碗填进展脸舒眉"(引自《陕西土特产的传说·烙面的传说》)。这般滑溜却浓重,那份醇厚又入味,怕是造化之功也,神力暗助也,天赐也!不然,五味相加何至神乎其神?礼泉历代名人出过几个,口之于味有同嗜焉,可是,谁的笔下能穷尽其妙?

相传,周文王亲自带兵降服为害一方的三丈恶龙。周文王把龙肉斩块煮熟犒劳百姓。老百姓自带面条,四面八方蜂拥而至。但是人多汤少,只准浇汤吃面,剩的汤倒回锅内,一连吃了七天七夜,人人垂涎,个个满意,从此,过年过节,男婚女嫁,肉汤浇面蔚为风气,于今不衰。

还有一种非神话式的传说,说的是唐太宗修建"唐王陵"(昭陵),大量民工服役,擀面极不方便,也不好贮藏,礼泉县的媳妇创造了一种烙成煎饼而切成条的面条条,送到工地,男人们浇汤即可食用,筋道、爽口、好存放,时人称作"巧妇面",后人改称"浇汤烙面"。

吃"浇汤面",为什么面少汤多,一吃就是头十来碗?我想也是为了多享受"龙"汤的滋味吧。

传说归传说,根本原因在于陕西地面穷,好容易过年吃肉,就得省着点,熬上一锅肉汤,味调得香喷喷,满屋子流哈喇子,碗里的汤连同口水一起回倒在锅里,一家子过罢了瘾,汤留下下顿再浇,反正边浇边烧,高温消毒。现在日子好些,吃一碗是一碗,碗碗都是新汤,剩汤倒掉不足惜,"浇汤烙面"彻底告别"涎水面"的俗称,体体面面地登堂入室,甚至出现在高档宴席上接受人们啧啧称奇。

那年3月,《白鹿原》作者陈忠实到京,乡党聚首,分外热闹。当我津津乐道家乡的"浇汤烙面"时,忠实的眼睛一下子亮了,急忙插话说:"礼泉的浇汤烙面真好,我家个个爱吃。真的好吃!"席尽人散,忠实拉着我的手重复地说:"老阎,我记着呢,过年一定给你送一箱子烙面来,一定!"

由于烙面的需求量逐年猛增，煎饼的制作必须改进，早在七十、八十年代之交，已经改为电热锅进行煎制，街头随处可见卖者，不然，陈忠实不敢夸下海口送一箱子烙面来。但是，只要手工被电力解放，哪怕部分地被解放，手工的优势就会丧失或部分地丧失，这是世上一切手工制品面临的可怕挑战，所以，一辈子扎根礼泉的老髦们都说："你问的是烙面吗？跟机器面、手擀面一样的理，咋能像你妈、你嫂子亲手做的香呢！"

胞兄振维来电称，礼泉县政府为了开发土特产，争创非物质文化遗产名牌，把烙面的生意给做大了，叫我写字以壮声势。家乡事，不能推托，遂展纸舔墨，运气收腹，只管抒情，无论工拙，下笔如有神，取名《烙面赋》：

滋润含柔韧，五味天调和；

亲朋促膝幸，十碗何虑多。

多呼哉？不多也！记得小时候九舅给外甥送灯，一顿喋了16碗，最后连碗边边都舔得闪闪发光，私下却给他姐（我妈）说他并没有吃饱，只是怕我家老爷子（我爷爷）笑话他到底是走亲戚呢还是逃难来了。

近闻"世界最早的方便面来自陕西"。"世界上最早的方便面名叫'礼泉烙面'，加汤食用，亦可干吃！"（事见《陕西人不知道的100件陕西事》）

对家乡人来说，这一考证吉祥喜人。老子天下第一，你们来啊，"亲朋促膝幸，十碗何虑多！"

梦断芳媚园

那年腊月,《咸阳报》记者鲁曦送我回到礼泉县城。一年不见,城建大变,二环路上转了好几个圈子方才到家,看看,生我养我的黄土地面,自己变成异乡人。

灵堂依旧,父亲的遗像端端正正置放在漆黑的骨灰盒上。深深下拜,一跪三叩首,然后去上房看大哥和大嫂。正好,小妹和大女儿都在,他们没有想到我会回来,我说,咸阳这回拍片子给了这个机会。

小妹振芳,一脸的疲惫,见我回来,坐着只管笑。小妹小时就爱笑,甚至不该笑时也憨憨地笑,但是,这次的笑里藏着忧郁。

小妹开了一家门面,叫"唐老鸭餐馆",在繁华的西兰公路边上,日子应该说不落人后,能有什么不愉快的事呢?果然,出现情况。礼泉城建突飞猛进,连最为繁华的西兰公路边上也相对地冷落了,又何况,新的饭馆星罗棋布,高楼雅座,女郎侍候,灯红酒绿,你一个夫妻小店,能有多大的油水!

"'人无我有,人有我廉,人廉我优,人优我变',地面偏僻,可以迁到繁华地段;设备陈旧,可以旧貌换新颜!"我这个外行,在妹妹面前指指点点起来。小妹说:"二哥挺内行的,你说得对,我现在就是这么做的。'唐老鸭餐馆'搬家了,迁至北城门外停车场旁边,招牌换记,更名为'芳媚园酒楼'。"

明天就是酒楼开张之日,小妹邀请我们务必亲莅,给酒楼增添喜庆。

那日,天气晴朗,微风和煦,感觉像是早春。我率领女子们、女婿们,提上烧酒、烟卷,举着鞭炮、将军炮,如坐春风,直向北门外宽大的停车场走去。

连珠炮声杂以震耳欲聋的将军大炮,由远而近。我们一行,循声来到"芳媚园酒楼"。进得门来,对面墙上正是由我改拟和题写的一首"吃喝打油诗",只见上面写道:

人生在世求吃食,有了食来又求衣。
长袍短褂做几套,回头又嫌房屋低。
高楼大厦盖几座,房中又缺美貌妻。
红粉佳人作陪伴,出门没有骏马骑。
出门骑上高头马,有钱无官被人欺。
当朝一品为宰相,不如面南登了基。
面南登基坐天下,想跟神仙下盘棋。
太上老君输给我,想跟玉帝认亲戚。
人心不足蛇吞象,气是清风肉是泥。

—177

半斤老酒一碗面，保君每日笑嘻嘻。

二层酒楼修葺一新，颇有清末遗韵。"芳——媚——园"，不就是小妹振芳、振芳爱女小媚和振芳孙女园园三代女性的名字吗？她二哥我，住北京方庄小区芳古园，也被囊括其中，不由喜从中来，暗自称赞自小聪颖、能歌善舞的小妹至今文才不减。

楼下三席，楼上三席，坐了一席又一席，席席客满，席席热闹。就我观察，亲戚朋友并没有多少，大多数人对我说来是陌生的面孔。作为酒楼的女老板，小妹的兴奋达到极点，疲劳也达到极点。她的两条腿早已经拖不动了，可是脸上始终堆满笑容，不慌不忙，不卑不亢，该招呼到的全都招呼到了。我看得出来，小妹很会节约使用能量，对于那些陌生人，她全力以赴，使尽浑身解数；对于亲戚朋友，对不起，打打招呼摆摆手就算过去。她让那些陌生人既看到她的疲惫不堪，又感受她的不遗余力，恰到好处，事半功倍。

我所谓的陌生人，不仅对我而言，而且对小妹大体适用。陌生人者，街坊邻里、地方官、地区官、片儿官、土地乡约、乡贤、乡宦、乡愿、乡丁，以及他们的七大姑八大姨，人数越滚越多，胃口越张越大，见面就得磕头，一个不能得罪。这一切的一切，应酬入微，小妹做得天衣无缝。真使我不解，一年不见，小妹出息得如此干练。她实在太疲劳了，成了强弩之末，眼红了，腿软了，话少了。外甥女告我，昨晚，她妈熬了个通宵。

噼里啪啦的爆竹声，丁零当啷的碰杯声，调笑逗骂的喧哗声，嗞里叭啦的烧烤声，穿透墙壁的吆喝声，对外广播的喇叭声，招来一批看客和带着爆竹换饭吃的穷苦人、残疾人。也招来三三两两的顾客。小妹仍然忙活她的。

我被冷落了。

按说，我是二哥，一母同胞，难得回乡，又特意前来道喜，但是，被冷落一旁，道理很简单，比起那些惹不起的陌生人，宁肯得罪亲哥亲兄弟。无聊的二哥我，何不帮小妹一把？我放下客人的架子，出得门去，一人给了5块钱，把几个贺喜讨饭的人打发走了，然后，一个个地邀请顾客们进酒楼就座。服务员对于被我邀进的顾客特别不客气，因为今天并没有正式营业，这是她们的女老板事先合计好了的。但是，小妹发话了，跟顾客们一个不落地打招呼，然后把他们一个不落地让进休息室，亲自为客人临时支起个饭桌，并将客人们要点什么菜一一问过。顾客光临，无疑给疲劳的小妹以莫大的刺激。

陌生人一个个满意而去，顾客们一个个好奇地进来，宴请、营业两不误，小妹乐此不疲。

夜幕降临，灯火辉煌，人声喧嚷，热气腾腾。

停电！酒楼骚动不安。有人喊叫着大呼倒霉，有人骂骂咧咧冲着电业局，有人嚷嚷着叫快些点蜡，有人干脆要走。小妹急得楼上楼下小跑，突发事件，临危不惧，却也有点慌乱。她死命地喊叫，但叫喊些什么，我一个字也听不清楚。不一会儿，酒楼开始混乱。混乱声中，发动机响了。其声之响，不亚于酒楼开进一辆手扶拖拉机，也像一架直升机降落在酒楼后院。众惊。再过一会儿，豁然明亮，亮如白昼。小妹真是出息得可以，她早已把县上常常停电这重要因素考虑在内。买得起马就备得起鞍，发电机绝不可少。她眉眼间流露出得意，可是，显而易见，两条腿不大听使唤了，随着灯光复现，几乎同时，她瘫倒在地。

酒楼旋即恢复白日的生机。

原本不营业，何必不营业；白赚几个，少破费几个。今天宴请的窟窿眼，得多少天的疲累才能补上？

走出"芳媚园酒楼"，像是被扣进不透风的笼子，停车场一团漆黑。酒楼的四周，布满各色各样的餐馆、饭庄和食堂，可是，一盏盏萤火虫一样明灭、灰暗的烛光，反倒给沉沉的黑夜平添了几分恐怖。

被一种不知什么激素激活了的"芳媚园酒楼"，喧嚣夹杂流行歌曲，仍在继续疯狂。灯红酒绿的嘈杂离我越来越远，一盏盏烛光擦肩而过。烛光的主人，幽灵般地呆坐店铺，见我走过，慌忙迎上前来："里面坐！里面坐！"殷勤备至。当认出我就是在红红火火、灯光如昼的"芳媚园酒楼"门前打发穷人，货真价实属于新开张的酒楼主人一族时，立马又复归原位。等我走过他的铺面，脚步声隐隐可闻时，听见他很响的一个唾声，随后跟上一句："他妈的！"

甲戌将尽,年节逼近,生意行的春天旺季和商界的残酷竞争联袂而至。餐馆业正在忘我地实地演练。杀气腾腾。

元宵节过后不久,消息传来,顾客寥落,酒楼转让,可怜的小妹,心比天高,命比纸薄,几个回合,败下阵来。这回,该轮到她骂一声"他妈的"了,嘻嘻!

1995 年 3 月

韩愈墓旁的酸枣树

"韩愈杯散文大赛"颁奖,一行来到河南孟县——韩愈的家乡。

我最佩服韩愈两句格言:一、文以载道("修其辞以明其道");二、不平则鸣("大凡物不得其平则鸣,草木之无声,风挠之鸣。水之无声,风荡之鸣。"亦所谓"柔软莫过溪涧水,到了不平地上也高声")。

我对韩愈的"文从字顺"、"惟陈言之务去"心仪已久。此外,还有很多新鲜的命意和优美的修辞,例如"辞必已出"、"细大不捐"、"佶屈聱牙"、"动辄得咎"、"牢不可破"、"深居简出"、"曲眉丰颊"、"粉白黛绿"、"秀外慧中"、"争妍取怜"、"入主出奴"("入者主之,出者奴之")、"落井下石"("落陷阱,又下石"),以至于"蝇营狗苟,驱去复返"等等,立意新巧,清词丽句迷人,这才是文学,学不到这些,不但散文,就是小说、诗歌包括文学评论在内,陈言不去,风韵难求。

拜谒韩文公墓。

墓的两侧,各有一棵酸枣树,一边是酸的,另一边却是甜的，不管酸的甜的，都长刺儿，不由人发出奇想：这不正是韩愈通俗而有味、形象而新妙、鲜明又不无暗示的植物符号吗？

燕祥对我说："韩愈是散文大家啊！可是散文和杂文很难分，你猜韩羽怎么说？"

"一定很逗。"

"绝了！他说，不带刺的是散文，带刺的是杂文。"

众大笑。燕祥精通杂文啊！

尊崇韩公，面对现实。酸枣树没有不带刺的。我愿习作这样的散文：酸酸的、甜甜的，带笑同时带刺儿，不能净挑好听的说。

来到孟县，能不看盘谷？

我和获奖的杂文家邵燕祥、漫画家韩羽上路了。中雨时断时续。

盘谷，济源城北，望太原一路直上，约20公里。

出城不久就看见车祸。未见血迹，但是，"人肯定死了！"我告诉大家说，曾有交通大队长教我一招，车祸发生，先看鞋在不在脚上，鞋一离脚，必死无疑。

获奖后，韩羽的兴致最高。韩愈、韩羽，不但同姓而且同音，稍不留神便将二人两两相混，河南腔对韩愈的赞美往往落在韩羽的头上，他高兴。

看望盘谷，就是看望李愿和韩愈，体验盘谷就是体验李愿。韩愈的《送李愿归盘谷序》多美啊，美散文！李愿之言，滔滔汨汨，弄成一篇大文，痛发其抱道不仕，后叙其归隐之乐，言外求之，骨格自健。若不知李愿何许人者，止羡其造格之奇，而不知良工之心于此有独苦也。

难怪苏轼说韩愈"文起八代之衰"，而且把《送李愿归盘谷序》誉为唐代文学之首。

唐代有两个李愿，一为西平王晟之子，一为隐者，生平无考。我的堂弟阎琦《韩昌黎文集注释（上）》认定是后者。书中考证，时愈脱汴徐之乱，闲居洛阳，与隐者聚首盘谷，"是谷也，宅幽而势阻，隐者之所盘旋"。韩愈当时年轻，33岁，之所以拜望李愿，心相通也，其后被贬之想，我以为，与此次访李之行不无潜在的联系。

雨又下起来，韩羽水淹聊城的故事正讲到逗人的地方，车祸，一辆拖拉机翻倒在路边。车祸没有转移车内听故事的注意，笑语欢声。韩羽学养深，妙语连珠，童年逸事，家乡趣闻，聊斋笔法，闻而忘忧，加上燕祥杂文语言的评点，车里的气氛热烈如沸。苏三巧遇马丝洛娃，杨贵妃跟西门庆鬼混，"千里马为伯乐所荐之复为伯乐所杀之"，一直到群起而考问之："韩愈跑到深山沟沟拜望李愿，路上遇到翻车怎么办？""骑毛驴呗！"哈哈哈！

盘谷到了吧？

又一辆拖拉机被撞翻。中雨转小雨。

李愿说："人之称大丈夫，我知之矣……吾非恶此而逃之，是有命焉，不可幸而致也。穷居而野处，升高而望远；坐茂树以终日，濯清泉以自洁。采于山，美可茹；钓于水，鲜可食；

起居无时，惟适之安。与其有誉于前，孰若无毁于其后；与其有乐于身，孰若无忧于其心。车服不维，刀锯不加，理乱不知，黜陟不闻，大丈夫不遇于时者之所为也，我则行之。伺候于公卿之门，奔走于形势之途，足将进而趑趄，口将言而嗫嚅，处污秽而不羞，触刑辟而诛戮，侥幸于万一，老死而后止者，其于为人贤不肖何如也。"韩愈闻壮言酒而歌之："盘之中，维子之宫，盘之土，维子之稼。盘之泉，可濯可沿。盘之阻，谁争子所？窈而深，廓其有容。缭而曲，如往而复。嗟盘之乐兮，乐且无殃……饮则食兮寿而康，无不足兮奚所望；膏吾车兮秣吾马，从子于盘兮，终吾生以徜徉。"

韩愈、李愿，心心相通。

盘谷就要到了，雨也大了，车行难，下车步行。至济河引水桥头，行亦难，却步。举目，山间屋舍依稀可见，告曰："前方两山之间，盘谷也。"空谷，绝壁，古寺，闲云，翠柏，山影，幽径；巍峨，雄峻，深邃，凝重，壮实，静穆。"从子于盘兮，终吾生以徜徉。"韩愈趋前进山，终生向往，我等却远远地看着盘谷徜徉兴叹。

韩愈到底怎么去的？乘车？骑马？骑驴？总得过夜吧？人逢知己，难免解衣推食，定然推杯换盏，灵魂交流，何等情致啊！

"从子于盘兮，终吾生以徜徉。"我的《文坛徜徉录》因以得名，那是1981年的事了。

归去来兮，整整一个下午，来时车祸三起，返回时四起车祸。

1995年10月中旬

那年洛阳看牡丹

那年4月,参加洛阳牡丹花会。登台就座之时,人群蜂拥而至,气氛突然紧张。定睛一看,原来是警察护送一位贵宾慌忙走来,仔细打量,是位电影明星,专程来此推销化妆品。

明星很熟练地配合着警察,看花的人丢开牡丹不顾,呼啦一下子围上去穷追不舍。人潮越滚越大,战线越拉越长,责任重大的警察一边一个驾着、一前一后护着,为明星艰难地开路,其势如龙腾虎跃,其险如大军压境。明星登上观礼台后,会场归于平静,看台上忙坏了电台、电视台手执话筒的记者和帽檐歪戴的摄像师。我敢说,被簇拥的盛况远远超过今天莅临大会的上级领导。

穿人海,过人墙,我被朋友带进洛城有名的"潞泽会馆",那里正在举办"洛阳市第二届民俗文化庙会"。进得庙门,喜庆滋腻,那氛围,那气质,太对我这个老陕的路子了。先看斗鸡。两只鸡的脖子已经血里糟拉。英雄俩有气无力,却依旧勇敢和残酷,像重量级拳击已经坚持到第十二个回合那样。谁胜谁负?两只鸡,哪个我也不愿意被击败,但是,我还是聚精会神地准备祝贺优胜者。两只鸡的脖子更血更红了，两只鸡的反抗并没有止息，困兽犹斗。我看见雄赳赳的鸡丈夫气喘吁吁，我理解他们。看，那只鸡开始反攻！听，乱哄哄的，人群蜂拥而来。

又是好几个警察护着那位明星婆，洛阳亲友顽强地跟着、挤着、撞着、簇拥着，颇有克制地喊叫着。我连忙避开人流，已经避让不及。警察不算粗暴地把我推到一边，明星神情木然。警察保护她出来，警察把她"带"走，（恕我冒昧）真像是"抓"到什么可疑者被强行带走似的。奇怪，怎么又遇上了？我感到一种不可名状的威逼。

一桩在年轻人看来最平常不过的事，在我看来却是一种俗不可耐的表演，虽不比列夫·托尔斯泰再也不去看犯人怎样在盐水泡过的麻绳上被绞死的不安，也不比鲁迅当年到死忘不了中国人被示众时看客麻木的眼神那样的刻骨铭心，然而，我被刺激以致在现代人眼里成了不折不扣的神经病。既不留恋古董、不满现状，又不理解"革命"、唯恐事情过了头，自己跟自己过不去。我是不是变成可笑的托尔斯泰主义者？

神不知鬼不晓地，我在一座中原保存最为完好的古戏楼上坐定。阵阵滚雷将我卷入震撼山岳的雄大之中。"河洛一绝"的大型表演，金鸣鼓舞，气壮山河，如炸雷，如决堤，排山倒海，天崩地裂，当此时也，谁还坐得住呀！我还是呆呆地坐着。接下来，狮子舞，群狮戏耍，双狮戏绣球，春秋刀三落头，大舌叉，拆八桥，云里磨，倒挂金钟，四狮称雄上老杆，长矛刺狮喉，梢节棍怒打雄狮，马刀劈狮翻筋斗，龙腾虎跃，天翻地覆，全身无处不动，眼睛嘴巴传神，一把椅子极尽惊险之能事，怎一个"中"字了得！我旁边的河南老作家李准流泪了，他语意伤感地告诉我说："这才是中原文化。眼泪，忍不住啊！"接着又说："我的创作，学的就是这个！"不一会儿，曲剧《石憨认父》开演，曲调柔中有刚，始知幼年在陕西听曲剧以为它远比梆子婉转柔弱之大谬不然。曲剧和不失婉转的豫剧一样，都是刚中有柔、柔中有刚的河南性格。小两口极尽内宅殷勤抚慰，道尽家常幽默风趣。女婿虽憨，憨得可爱。媳妇催他看灯，他已经走到门口，忽然又不去了，说："我离不开老婆你呀！"还是去了，结果，把一个快要冻饿而死的孤老头子背回家。他执意要认老头为父，妻子不肯。憨子说："他老人家怪可怜的，儿子不孝，没人管他，他还不是等死！"妻子没有坚持，笑了，直骂憨子太憨。憨子不说话，叹息一声道："唉，咱家要啥有啥，啥都有，就是没有一个爹！"听到此处，我心里猛一抽搐。戏毕，李准紧拉演员的双手，说："胜过电影！多年没看戏了……胜过电影！"

本意来洛阳看牡丹，来洛阳的人谁不急着看牡丹？围观的人多了，牡丹花犯矫情。相比之下，来洛阳城的人却喜欢看明星，明星为了自我推销和推销自己的产品，不料同当地的牡丹较上劲、打擂台；虽不比牡丹富丽堂皇，造作之态却远胜于仙子。年年岁岁花自开，岁岁年年花不同，今年赏花会上牡丹是明星，明星是牡丹,都是艳丽的花朵,都具华贵的品格。看花人各有所好,他们要看他们心中的牡丹;只要目睹自己心上的牡丹,就算是走了红运,不虚此行。我辈不才,无此艳福,倒也罢了。没有看上花,后来又无心看花,却被一阵鼙鼓所捶击,所惊醒,所激活,"失之东隅,收之桑榆",心理上达到平衡,收获还是大大的。

萝卜青菜,各有所爱,行行出状元,个个争奇斗艳,不要看不惯。当主人们让我笔墨留念时,我也学《题牡丹图》:"落尽残红始吐芳,佳名唤作百花王;竟夸天下无双绝,独占人间第一香。"好话多说。"新生集团"同文化联姻,我题他们是"脱俗牡丹"。访问"洛玻集团",他们发明的"浮法玻璃"大开财源,我称其为"透明牡丹洛阳镜贵"。我将女子书画院院长艾娴戏命名"艾牡丹",希望她画的牡丹"艳而不俗,美而不媚,娇而不矫"。我仍然吹捧牡丹,牡丹名气大,惹不起,托花王以取譬。但是,我所喜爱的,还是我自己心中的牡丹,尽管我无心看世俗的牡丹,觉得她多娇少骨,许是我骨瘦如柴,骨质增生,武大郎开店,缺少大度和包容。

上了火车,爬上上铺,萦绕耳边的还是憨子的话:"唉,咱家要啥有啥,啥都有,就是没有一个爹!"紧接着,五雷轰顶,石破天惊,震耳欲聋的鼓浪滚滚而来。

到吴桥看杂技

冀中平原秋深了,到吴桥看杂技去。

提起吴桥,大大的有名,河北人常常得意地说:"我们有吴桥!"

吴桥是杂技之乡,"上到九十九,下到刚会走;吴桥杂技乡,人人有一手。"

周恩来总理当年出访16国,所到之处有华侨,华侨中无不有吴桥人。总理喜从中来,说:"吴桥不愧为杂技之乡。""杂技之乡"因而得名。

"杂技之乡"吴桥县,有七个第一:一、全国杂技第一乡,杂技艺人多达1300多人。中国杂技团和天津、沈阳、兰州、广州、武汉等地的大型杂技团里都有吴桥人,"没有吴桥不成班!"吴桥人自古浪迹天涯、四出卖艺,所谓"南京收了南京去,北京收了北京留;南京北京都不收,黄河两岸度春秋"。生活是悲惨的。他们农闲外出,农忙归耕,传播杂技艺术、十样杂耍。这个传统一直保留至今。

二、胡耀邦来吴桥,总书记来吴桥,历史头一回。

三、县级成立杂协，全国唯一。

四、成立杂校，全国唯一。

五、编写《杂技志》，全国首创。

六、以吴桥命名"世界杂技节"绝无仅有。

七、举行县级"杂技会演"前所未有，别的县哪有那么多的杂技团啊！

吴桥到了。

到了吴桥，我急于打听去年11月5日胡耀邦到这里视察的情景。县长当时在场，忙说：胡耀邦同志刚一下车就招手大呼："我是来看你们的！""来到吴桥说吴桥嘛！"他询问人们的生活情况和收入情况，对"杂技之乡"颇感兴趣，鼓励发展杂技艺术。

总书记的到来对吴桥县的杂技工作是一个极大的推动。现在全县共有杂技、魔术、马戏团队33个，演出组百多个，遍及九乡百多村，演员千多人，3岁孩童拿大顶，足见后继有人。全国28个省市区都有吴桥人——"没有吴桥不成班嘛！"

"河北省吴桥县第一届杂技会演"10月18日开幕，千人大剧院座无虚席。舞台上几乎全是娃娃，最小的6岁。成人演员只看见两个：一个滑稽男演员，一个蹬技女演员，五十上下，两腿向上猛地一伸，如鲤鱼打挺，矫健美观。旋即，八条大汉将一口大缸吃力地推上前来，又吃力地举了起来。她蹬住了，蹬稳了。缸内再钻进一个演员，又蹬稳了。掌声一片。

蹬缸我见过,但这么重的大水缸,里面还钻进个大活人,生平头一遭。

第二天晚上,又是八条大汉推缸上台,还是那口水缸,约二百多斤,蹬缸的却是个小姑娘,体重不到一百!这回更绝,缸内钻一个,缸上再站一个。缸里的一个,头露在缸外悠然自得,向观众作鬼脸;缸上的一个拿大顶,直挺挺一条垂直线,毫无惧色。重量加起来足有三百多斤,天啦,砸下来不堪设想!更出奇的,是姑娘的一双粉嫩的细腿竟然蹬得三百多斤上下打转!台下惊呼,掌声疯狂。

这不仅是技、是艺,而且是力、是胆,是绝技与体育的美妙结合。

姜家大姑娘的蹬技别有一番风味,熟练到了轻巧戏弄的地步。那是一个小坛子,在她的脚尖如同纸球一般。蹬到潇洒处,坛子上下飞转,像电动一般变着各种花样,令人眼花缭乱。玄极了,美极了,却丝毫不担心坛子砸下来。

掌声雷动,叹为观止。

散场后我问她爸,孩子为什么蹬得这么好?他大半天答不上来,结结巴巴只说了句:"有空就蹬,上瘾呗!"

我漫步吴桥街头。提起周总理和耀邦同志,老乡们个个喜形于色。

青菜很多,价钱便宜。

1985 年 10 月 石家庄

雨中峨眉

1990年8月,中国当代文学研究会的朋友们登峨眉一游。遇雨,左腿骨折的旧伤突然扭伤,万不得已,我被请上滑竿。

惊心动魄!轻舟已过万重山,险途被抛到后边。滑竿像《红高粱》里"颠轿"般地轻快,气氛随之松弛下来。

"同志,要得么?好享受噢!"一阵咳嗽声。

"享受"二字像针扎一般。

"同志,当什么官?"

"一月一百七,什么官也不是。"

"无官一身轻。要不就当大官。才一百七?"

"比你们日子好过。"

两人莫名其妙地笑了。"没你们贡献大哟!"

"你这同志岁数不大吧?"

"民国二十一年生,属猴的,今年58。"

"哎呀大哥,细皮嫩肉的,看不出来。"

"人家城里人会保养。"另一位搭腔。

"我在'五七'干校待了6年,什么累活都干。"我想以此多少缩短一下彼此间的距离。

"那时候我在北京,工程兵,修地铁。20年了……"滑竿猛地一晃,"大哥坐稳!"过了一个沟坎。"修地铁,没有坐过地铁,抬滑竿也没坐过滑竿。"

"同志,我们抬滑竿不容易,我没说错吧?"

"我们就指望抬人吃饭,大哥,这一路你看清了,不容易呀!"

"不抬你,你这腿……我们价钱不高吧?要省你好多麻烦!"

"人家同志……他还不明白?"

我心里当然明白。

"快到了。你们北京人有福,我怕是一辈子也到不了北京坐上地铁享受享受……"

"什么时候到北京来,住我家。"

"啥子?上北京?没得钱!"

王显岗到了。

滑竿轻轻落下,非常小心地。

雨歇,这才看清楚转业军人的脸庞,一道道深深的皱纹里汗珠淋淋,头发花白。上滑竿时并没有看见他的白头发。比我低,比我还瘦。他直了直腰,擦了把汗,先点着烟(神速地卷了个大炮),然后,眼睛盯着我数钱。当他收到比要价多一半的钞票时,咧开大嘴连声"谢谢,谢谢!"我也说了声"谢谢,谢谢!"我谢他是十分真诚的,他谢我好像更真诚。

"大哥!"复员军人追了过来,安慰似的说,"大哥,你放心。说实在的,政策好,日子过得不错。上北京做梦也想到了,不是花不起路费,也不是舍不得钱。我一个当兵的,这儿省点那儿省点就什么都有了。我舍不得滑竿……抬惯啦,不抬心里着急。"

到了山下,天开地阔,乱云飞渡,无雨。远眺,峨眉山似乎仍在雨中,莽莽苍苍,郁郁葱葱,模模糊糊。

不识峨眉真面目,只缘身在云雾中。说不定我所获得的恰恰是奇峰奇美奇异的感受。这种美感使我联想到曾入蜀览胜,晚年由清楚到不清楚、由规则到不规则,画面涸黑的黄宾虹的画风。潘天寿盛赞正是这种画风表现了山山水水最真最美的特征。潘天寿说:"如果看到的山清清楚楚,一览无余,就没有味道,最好能草木丛生,露水欲滴,云雾缭绕,既迷迷糊糊,又阴沉厚重,这样就显得是活山,高,深,远,灵,有气韵。"此番审美高见给予此次出师不利以雄辩的慰藉。

山河阻且深,我行一何艰,书生们连连叫苦,却口出狂言敢把庐山踏遍。"上穷碧落下黄泉,两处茫茫皆不见",到底什么也没看着,白来了,白来也要来,见山是山,还是看着了。有诗为证:

七月流火　一介书生

八分才气　九两豪情

题仙游寺

唐元和元年，盩厔县（今简化为"周至县"）县尉白居易，与友人王质夫、陈鸿同游仙游寺，话及前朝玄宗帝妃爱情故事，相志叹息。王举杯于白前："夫希代之事，非遇生世之才润色之，则与时消没，不闻于世。乐天深于诗、多于情也，试为歌之，如何？"白欣然命笔，作《长恨歌》，成千古流播之句，于今不衰。

我，礼泉生人，京中游子，回乡观摩话剧《白居易》，重游名寺。

细雨霏霏，蜿蜒而进，依山傍水，行路难矣。

终南一脉，黑河两岸，峰回路转。

寺在山之腰，环寺山者又有山，黑河从寺前流过，一切都在葱茏秦岭的大怀抱之中，宛若仙境。见寺，破败不堪。

白傅遗诗，苏公留翰。东坡楹联尚在哉，可惜只剩下文物的下联！

客远红尘丛中到此俗缘尽了（补上联）

堂开白云窝里从兹觉岸齐登

天王、飞天像，依稀可见，东坡考证是吴道之的真迹。法王塔，隋建，距今久矣，域内仅存。

仙游游非仙，长恨恨犹长，县令不知何处去，此地空余香一炉。

一个是倜傥卓异，一个是才藻艳逸；一个是天之骄子，一个是怨妇冤魂。白居易澄怀仙游，大喜大悲中说尽人间风情。

风风雨雨，点点滴滴，空空荡荡，冷冷清清。

馆长殿斌索诗，余自不量力也，不计音律，拼凑而成。

为寻忧悒今雨来　墨迹醉处独徘徊
如泣如诉多情种　亦谏亦讽总伤怀
骚人痴心虚垂涕　史家得意暗断裁
岭南荔枝红胜血　驿坡哪堪月冷白

时在癸酉清明。同行者夥，贺敬之、柯岩、周明以及陪同者副省长牟玲生、省委宣传部部长王巨才、西安市市长崔林涛、省广电厅长骞国政等等，警车开道，十辆长龙，车如水。余生也幸，冒充首长，愧悔扰民，大不安。

天生一个"仙女湖"

时维九月,逸兴湍飞,访风景于江西省新余市之仙女湖。

湖水,静如处子。

湖很大,50平方公里,爬上龙王岛的登天梯,能俯瞰湖的全景。大约上百个岛屿,顶着葱翠的古木,像田田荷叶。那一朵朵盛开的芙蓉,从水宫里将头探出水面,造化而成人间的净界。啊,天生一个"仙女湖"!

要问这湖有多美,先问你到过千岛湖和九寨沟没有,那里有的这里几乎都有,只不过面积没有千岛湖和九寨沟大,可是浓缩各家而成精品,何况那数不尽的、与湖光山色交相辉映的崖、洞、道、寺、池……游人看花了眼。

湖在鄱阳湖与井冈山之间,借来鄱阳之魂,又偷来井冈之胆。有山则有胆,有水则有灵。山水、山水,山因水而独立,水绕山而含蓄,绿水清澈,青山葱茏。绿水青山最多情,山光水色尽善尽美。

本人来自严重干旱的黄土地,山多水少,秃山多而青山少。久居北京,食风沙、祈雨露,常年间心急上火。

呀，仙女湖，万顷碧波的仙女湖，静如处子的仙女湖，洒向人间都是清凉。我被山野之灵气所浸润，全身心地融入大自然，如入无人之境，宛如弘一法师"悲欣交集"而后的闲适、淡远、怡美，飘飘欲仙，忽而升天，忽而入海，感到自己不复存在。

美哉，江西的千岛湖，赣人的九寨沟！

岛上多有开发，搜尽人文辉煌与旅游景点，不管你登上哪个岛，上去就下不来了。堪可一看的，是湖水滋润得熠熠生辉的人物雕像，从东晋史学家习凿齿、唐代文学家江西第一位状元卢肇、北宋江南第一宰相王钦若、北宋军事家兼外交家萧注、清代爱国将领张春发，到现代书画大师傅抱石，历数古今新余众多的将相名流。雕像矗立在名人岛上，刀法粗犷，风格雄浑，让仙女湖的品位提高了许多。拜谒傅抱石，想起中国美术史上的丰碑《江山如此多娇》和《云中君和大司令》。他的《茅山雄姿》，11月20日以2090万元成交，创个人书画拍卖的最新纪录。

新余的分宜县出了个明代大学士严嵩。严嵩，世称大奸，但在新余人的眼里他原本是造福乡梓的大善人。严嵩从做首辅时起，同乡里的关系一直很好。今人王建成做过考证，翻案文章《荣辱人生》一书已经出版。江西人是不骂严嵩的，游仙女湖，请君免开尊口。

船行良久，方才到了严嵩耗银万余两修建的"万年桥"。

这是一座"壮丽佳于江西"的石桥，十墩十一孔，刻有珍禽异兽、牡丹海棠。一行直溜直溜的方形巨石露出水面，桥的遗迹依稀可见，天高水阔，梦一般的浩渺空灵。

郁达夫说："江山也要文人捧。"然而，山川风月，气象万千，天地造化，鬼斧神工，谁能参透其中余味曲包的奥秘，谁又能道尽娱目怡神之美感？人是审美的主体，就看眼前的景色扣动了你心灵深处的哪根敏感的神经了。

然而，我着眼于万顷碧波，无边的湖水最使我陶醉。水轻柔而含情，博大而开阔，是四方游子归去来兮栖息和沉思的大怀抱。水是自然之母。

这不是湖，而是远离尘嚣的水世界、大自然；水天一色，万籁俱寂，只有雁过留下的哇哇情叹。"日月之行，若出其中，星汉灿烂，若出其里。"难怪七仙女看准这块悠悠然的水域。

置身湖中，有一种莫名的自由感，连带着自由的联想。

中国人爱水，文人尤爱水，作家写文章，就应该像水一样温存、灵动，哪怕你怒火中烧。我很懊恼，本该"老更成"的文章怎么越做越乏味、不滋润呢？

人来自水，也应归之于水。用水把尸体洗干净，裹上洁白的织物，投之江河湖海，让水吃掉，落得个来去无牵挂。我也欣赏有气节的文人，"经此世变，义无再辱"，投湖自沉，管他人前人后指指戳戳。

1961年秋，毛泽东主席写《七绝·屈原》："艾萧太盛椒兰少，一跃冲向万里涛。"冰心在《山中杂记》中说："海比山强得多。说句极端的话，假若我犯了天条，赐我自杀，我也愿投海，不愿坠崖。"

我想哪去了？

"世人都晓神仙好，惟有功名忘不了！古今将相在何方？荒冢一堆草没了。"——权欲啊权欲！"世人都晓神仙好，只有金银忘不了！终朝只恨聚无多，积到多时眼闭了。"——利欲啊利欲！"世人都晓神仙好，只有娇妻忘不了！君生日日说恩情，君死又随人去了。"——去就去了，寡妇再醮完全合乎人道。"世人都晓神仙好，只有儿孙忘不了！痴心父母古来多，孝顺儿孙谁见了？"——孝顺儿孙还是有的，重病床前有孝子，然而，我得劝劝诸君，膝下有孝权当膝下无孝，现代子孙靠得住靠不住实在难说，管它靠住靠不住，真靠不住难道你就不活了？

天下人间，熙熙攘攘，为利而来，为利而往，何苦来哉又欲罢不能。人啊，人！不论男人、女人，一概都是水做的，也只有水能够把身心洗得清清白白。

眼前一亮，蓦然想起深山老林里姑姑庵大门口的一副对联，是贾平凹聊天时荐给我听的，对联上说：

世上忙忙碌碌松下何妨息息片刻
人间熙熙攘攘泉边亦请洗洗尘心

2007 年 2 月

夜宿岳家寨

红尘喧嚣，上太行！

山上有个"世外桃源"，辖归山西的平顺。有山就有胆，高可接天，静可避世，好去处。

向上，向上，车行九十九道弯的环山道上，下有"红旗渠"跳跳蹦蹦缓缓流淌，水声可闻。移步换景，车行山亦动，一路悬壁之险。

向上，再向上，上到独立峰巅的"下石壕"。

"下石壕"地处晋、冀、豫三省之交，仅38户人家，一座悬空的孤城。居民多岳姓，传与岳飞家族沾亲带故，改名"岳家寨"。

寨有栈道，似羊肠绕峰，回环婉曲，其险无比，记录着先民流动的足迹。其道宽不过二人，寨民牵一头猪娃上山，养大，卖钱办货，只好将肥猪活生生剁成一块块背下山去。站立栈头，犹如攀岩，颤颤悠悠，不敢向前挪动半步。

颤颤悠悠，又想起刚才上山的路来。那不是路，是盘桓于万丈山腰的天梯，是人工接通的动脉血管。更为险恶的，是穿越隧道，一座座莽苍苍的石山竟然被凿穿了。隧道的周围，布满如匕首一般锐利交错的石刺,森森然,那是村民用原始工具一榔头一榔头敲打出来的,磨短了多少钢钎,吃了多少苦,坚持了多少个昼夜,流了多少汗、多少血!村民用生命开路,换来我们今天跳山越岭之如履平地,感天动地,必有神助!……我想给他们下跪!

我们在太行山上,我们置身"桃花源"。千年的椒树将人们带到远古,扑鼻的椒香将人们引入本乡本土,这不就是遐迩闻名的"大红袍"么?

远山的云雾在微风的鼓动下,一朵朵浮游而来,朦朦胧胧,缠住我的腰身。画论云:"山欲高,云雾锁其腰。"看,又从我的头顶飘了过来,一朵接着一朵,飘飘然,如在天宇梦中。

杀鸡宰羊,筛酒布菜,泉水沏茶何等清香,野果杂陈最为新鲜,不论是红枣核桃苹果梨桃鸡鸭鱼肉煮鸡蛋,一水儿的绿色食品。我特别对寨上的甜梨和煮鸡蛋感兴趣,那是孩提时的真味呀!

寨民忙待客。

浓雾聚成白云从头顶飞过,沉重的夜雾渐渐笼上了峰头,细雨霏霏,任由它打湿双颊,很滋润。中雨晚来急,我们登上宽敞的凉台,棚顶挡住雨水,伸手能戏雾弄云。

篝火晚会改为平台联欢,与谁同坐?古道热肠清风我。推杯换盏,高谈阔论,歌影摇风超然自适,醉上眉头,亦梦亦幻,不知有汉,无论魏晋!

一夜无话,听雨,淅淅沥沥到鸡叫。雨霁日出,四山清明,

—203

石板房前曲径，一览众山小。

握别山寨，付费，羞不言价，问急了，说："看着给吧！"给多了，拒收。

山川风月，气象万千，谁能参透其中余味曲包的奥秘，谁能道尽娱目移神之美感？岳家寨啊"下石壕"，清风无价，明月无价，氤氲无价，紫气无价，清静无价，天籁无价，净土无价，安适无价，天然恬淡无价，让主人怎么跟你讲价钱？

离寨时，突然，发现包里鼓鼓的，打开一看，呀，有梨、有蛋，煮鸡蛋4个。

正要启程，寨民急匆匆跑了过来，把我落在枕边的手机递到我的手里，心底蓦然涌起一股暖流，说不出的恋慕——一种梦境所给予我的特殊感受。

无怀氏之民欤？葛天氏之民欤？

向上，行车于人工开凿的山路，当地叫它"天路"。再向上，徜徉山巅，直接天际，通往现代文明。

下得山来，回味不禁。引路者，热情洋溢的彰君泽锋，如数家珍，侃了一路，最后问：

"此行何感？"

我仰首群峰，答曰：

巍巍太行，惟此奇绝。

再问："能留一幅字吗？写得不好没关系！"

颐养天年人增寿，请到平顺梦里来。

2012年10月

长长的话，
慢慢说

本命年的感悟

日前老人聚会,带来周有光的问候。老寿星110岁,无大病,常年不断地用脑,著作等身啊,哪像是二次死里逃生的人!

曾任过毛泽东秘书的李锐来了,嗓音洪亮,精神饱满。他说过:"我今年99岁,死过不知多少回,做梦也没有想到能够活到今天这个年龄。什么原因?不大清楚,但有一点可以肯定——生命力很顽强!有道是'百岁当今相见稀,鄙人运气自稀奇'。"

作家楼罡弟来了,问我:"高寿?"我说:"老汉今年84,老了!"楼弟指了指李锐说:"在他面前,你是小伙子,我是儿童团!"

20世纪90年代初,我60岁,在南阳武侯祠,见一算命的妇女持签揽客,神乎其神。作家周大新硬拉周明和我算命,连抽三签,周明签签泛红,"上上签","晚年婚姻更幸福"。该我抽,签签泛白,属最倒霉的"下下签"。妇女念我命运多舛,反过来安慰说:"七十有吉,八十无凶;流年运起,晚年多福多寿。但要有贵人相助!"

什么"七十有吉"？我七十不到女儿去世，大灾大难；什么"八十元凶"？我八十刚到连续出版《爱到深处是不忍》、《文学警钟为何而鸣》、《文网·世情·人心——阎纲自述》、《美丽的夭亡》等四部作品，何"凶"之有？

什么"流年运起，晚年多福多寿。但要有贵人相助！"晚年仍旧我一人，多读多思多嘴多写，算是多福多寿吧。不过，仗着自己腿脚灵便，八十啷当，坐如钟，行如风，一不小心，鹰嘴骨骨折！手术、痊愈，真的"贵人相助"？谁是我背后的贵人？难道贵人就是我自己？要么就是毒瘤手术后一直服他的"特制胶囊"的治癌军医黄传贵？

六年干校劳改，两次的"现行反革命"，我得了胃平滑肌肉瘤，一种不叫癌但同样是恶性肿瘤，它是我死而复生的纪念。情绪不好时，受屈、发愁、郁闷、绝望、轻生，胃部最容易出问题。所以干校时，我的胃不断生病，计有胃下垂、浅表性胃炎、胃溃疡、萎缩性胃炎、胃平滑肌肉瘤。去年又患上糜烂性胃炎。

心明眼亮、遇事不慌的乐天派往往长寿。中医认为"恬淡虚无，真气从之"。一定要有个好心情，不论是保健还是治疗，平衡心理最重要。心理压力是万恶之源。科学研究表明，爱心多，内啡肽分泌得多，微循环得到改善，免疫力自然增强。爱心使人健康，善心使人美丽，爱情使人幸福。

我出身不好，被关过、审过、打过，坐"喷气式"，干苦活，饿肚子，胃出血……之所以活了过来，全在于澄怀顿悟，及时把心态调整过来。

三中全会后,我意气风发,不注意营养、不注意锻炼、不注意休息,夜以继日,人不堪其苦,死神反而不来纠缠。六十啷当,头发不白眼不花,快步如飞,笑口常开,再累再烦再紧张,也得开玩笑、听音乐、看大戏。

现代科学证明,人的健康50%靠平衡心态,其他50%主要靠饮食和运动,多吃粗粮和果蔬,也就是"管住你的嘴!迈开你腿"。但是我自己也没有完全做到,坐如钟,整天守着电脑,得,颈椎出事了,膀胱潴留了。

综上所述,我总结出八字健康箴言——能吃能睡,没心没肺!

丙申年,猴年,我的本命年,84岁瘦猴,越来越像马三立。"七十三、八十四,阎王不叫自己去。"

阎王爷是我的本家,说:"先别来,把你要写的写了,把你想做的做了,再说!"

新的一年,当继续严守心的承诺:继续写作——深入人的灵魂,激活人的精神。继续做好事——牢记难中有恩于自己的人,不同忤逆之子和发财不择手段的人交朋友。

人老得很快,朋友们,吃好睡好,心广体胖(pán,安泰舒适也),与人为善,好好活着!

2016年应《作家通讯》之约而作

胖好，还是瘦好？

胖好，还是瘦好？我不知道，不过在人们为减肥伤透脑筋的时候，我窃窃自喜。可是，瘦猴一个，电线杆子一根，又暗自伤情。我属猴。

"杨肥赵瘦"！萝卜青菜，各有所爱，不论胖子、瘦子，都有可能变成美。

赵飞燕，汉成帝皇后，体轻如燕，能歌善舞，可见相当瘦了；平帝即位，废为庶人，后来自杀。杨贵妃，体态丰腴，"可怜飞燕倚新妆"，比赵飞燕还要美，深得玄宗宠爱，安禄山乱，咎在杨家，被士兵缢死在马嵬驿，比赵飞燕死得还惨。

胖子劲大能负重、会摔跤，瘦子灵活善弹跳、行如风；胖子开朗有气势，瘦子变通讲韬略。胖子头脑简单，瘦子诡计多端……这不就是《沙家浜智斗》里的胡传魁和刁德一么？想哪去了！

也不尽然。

从生理健康上讲，胖子膘厚耐寒，瘦子单薄怕凉；胖子食大劲大，瘦子精干灵活；胖子脂肪过剩心脏负担沉重，瘦子缺肉少油五脏六腑下垂。可是，常言说得好："有钱难买老来瘦"，说明在保健问题上瘦人占了便宜。也不尽然。外国医生近年有言：瘦而老未必长寿。

从审美观感看，胖子富态，瘦子苗条；胖子有领导架势学者风度，瘦子有谋者的睿智灵活的作风；胖子大腹便便大班大款，瘦子风度翩翩飘飘欲仙；胖子气宇轩昂威风凛凛稳如泰山，瘦子轻巧利落风姿绰约卓尔不群。

胖瘦要适度，适度者美，所谓增之一分则太长太胖，减之一分则太短太瘦。也难，肥瘦合体、身材匀称、宽窄轻重恰到好处者天下少有，所以选美活动大行其道。降格以求，或者略胖、略瘦，或者丰满、清俊，像当年的郭启儒和侯宝林。殷秀岑太胖，韩兰根太瘦。帕瓦罗蒂奇胖但胖得敦实，马三立奇瘦却瘦得滑稽。

"心广体胖"之说似乎对"抑瘦"论者有利，这是误会。"心广体胖"之"胖"，乃"安泰舒适"之谓也，与胖瘦不大沾边，不信查查词典。

据报载，一位在中国生活了近10年的欧洲女人苏西说："从美术的角度看，中国女人的五官长得很漂亮，但是中国女人的面孔没有味道，她们不会表达。"——我不认为这是诬蔑。又说："一个比自己漂亮的女人走过，中国女人的眼里除了羡慕外，更多的是一种妒嫉。"——我确认这话绝非诬蔑。最后她不客气地批评说："中国女人不会使用文化武器，她们通常使用的是作为女人的性别武器。"巴尔扎克说:"一个美人的偶像如果缺乏内存的性格,就会让人想起尸体来。"话难听,姑妄听之。

仅凭胖瘦很难构成人体综合美。

我是瘦人,60多年来,一米七八的个头,体重只在60公斤零一点点的上下浮动。但是,瘦没有亏待过我。"文革"时期,斗红了眼,我被请上"喷气式",一斗就是上下午两个单元,腔青脸肿,斗而不倒,一直坚持到斗人者嗓门哑了、揍人者拳脚软了。干校期间"五一六分子"受管制,插秧、拉车、脱坯、盖房、挑大粪、人拉犁、人海战术,统统干得利落。我们的班长早就成了泥猴,也没有把我落下。改革开放住上福利房,有时停电,有时晚归,七十啷当,独上高楼,一十七层,不带喘气,非功夫也,老来瘦也。

我敢追赶到站的汽车,敢跟小伙子拼骨头死往车上挤,忘乎所以,左腿髌骨粉碎性(七块!)骨折。但是,我不后悔,爱瘦不爱胖,爱轻捷不爱笨重,爱小目标不爱众目睽睽,爱轻装简服不爱花团锦簇。六十多公斤一贯制我不嫌,挺不起西服打不紧领带拖不稳革履我不吝,只要运动来了顶得住地震来了跑得动瘦不干瘪瘦不卑贱就成。瘦了一辈子,瘦带给我的好处多于坏处。瘦比胖好,我于今不悔。

画家韩羽见状,画了一幅漫画,高级幽默。

一头憨态可掬的人身猪脸，旁注是："阎夫子所言深得我心，老猪最怕的就是这个'胖'字。"

韩羽，山东聊城人氏，河北省画院院长，胖子，但不失文人雅相，那副笑脸，十分地真诚，不由人想起弥勒佛的宽容。

2010年，我连载了一篇长文，标题是《五十年评坛人渐瘦》，突出一个"瘦"字，二年回西安，讲完话下台，陕报老总惊呼："几年不见，你成马三立了！"该不是"逗你玩"吧？

2013—2014年，两次手术，往后，越来越瘦，皮包骨头，连皮带毛100斤不到，什么"老来瘦、活不够"！韩羽说："老猪最怕的就是这个'胖'字。"说实话："俺怕的是这个'瘦'字，越来越不如颧骨高扬的马三立。"

2015 年 5 月 16 日

烟趣

人人都说戒烟好,唯有神仙戒不了;神魂颠倒云腾雾,及到恨时却晚了。

人常说:"饭后一袋烟,快活似神仙。"一点不假。我吸烟的历史时断时续达30多年之久,30多年来,吃多少回饭(包括偶尔的夜餐),就吸过多少支烟。这仅仅是起码的统计数。

至于饭后一袋烟怎么就飘飘欲仙,谁也说不清道不明,只可意会不可言传,其神秘程度近乎享受气功。有助于消化么?鬼知道!

除饭后吸烟外,我还有其他瘾君子共有的毛病,即开会时吸烟,干体力活工休时吸烟,高兴时吸烟,写完文章重看一遍时松上一口气、点上一支烟,会客时吸烟,气闷时吸烟,但不像有人那样,起床前睁开眼就吸烟,蹲马桶时吸烟,走路吸烟,甚至于看电影也吸烟。

1950年代下乡,老乡把带着唾沫或者唾沫丝拉得长长的旱烟锅递过来时,我会毫不犹豫地接过来一口咬住吸将起来。为了同劳动人民在思想感情上打成一片,手上脚上有牛屎都不怕,怕什么唾沫？义无反顾，貌似勇敢又像是自然而然。

可不是吗，五十年代思想改造，国级大报公开讨论"大粪到底香不香？"某些洗过澡、换过脑的知识分子说："我闻过，大粪真香！"

阶级斗争年年讲、月月讲、天天讲时吸烟最多。"文革"中被打成现行反革命分子，下放作家协会"五七"干校进而被打成"五一六反革命分子"时，我几乎被自己吐出来的烟雾所吞没。前时是我整人，后时是人整我，拳脚相加，"喷气式"，日以继夜的车轮战术，迫使你神情恍惚而后发动神经战弄得你狼狈不堪。直到今天我还感激号称"毛主席派来的"工宣队、军宣队，他们几天几夜不让合眼睡觉，一打盹、一记耳光，却开恩让我吸烟，道道地地的革命人道主义。头昏眼花，不思茶饭，何以解忧，唯有"大炮"！

何谓"大炮"？自己吸剩的烟屁股，加上捡来的别人的烟屁股，用废报纸卷成喇叭状的烟炮大吸特吸，如和尚吃百家饭，如神农之尝百草。

千万注意，小心卷"大炮"的报纸上有统帅、副统帅和旗手的照片和字样，那可不得了！

一天，干校的连队深挖"五一六反革命分子"第十几次的动员会上，专案组严厉警告至今还潜伏得很深的"五一六反革命分子"早日自首归案，不然严惩不贷。次日早，旋即召开紧急动员大会，声言敌人已经暴露，发现杨××宿舍烟头满地。

"心里没鬼他干吗一根接一根吸烟！"

然而，我不戒烟，我想起鲁迅。鲁迅说："医生禁烟酒，那倒没有什么；禁劳作，但还只是做一点；禁吸烟，则苦极矣，我觉得如此，倒还不如生病。"鲁迅一辈子吸烟，每天30到40支，每天三件事"仰卧——抽烟——写文章"，一直到逝世的前一天。

横竖已经"反革命"，戒不戒烟无所谓了。

十年后的1987年，我髌骨骨折住院手术，术后下床，恢复良好，但精神恍惚，坐立不安，看看电视转移转移吧，一分钟不到又难忍受，像没头的苍蝇无目的地忽东忽西瞎转悠，烦得要死，吃药静养无济于事。医生也纳闷，表示无能为力，"要么煎点中草药试试？"后来，我请教云南军区的治癌名医黄传贵，他说："很可能是突然戒烟的不良反应。"不知道是因为又吸上烟还是服了汤药，精神逐渐恢复正常。

我请教黄医生如何看待吸烟，他说，不吸烟的不要学吸烟，会吸烟、烟瘾大的不要突然戒烟，慢慢减少，由多到少，由少到戒。我一直相信黄医生，从此以后，饭后一支，每日三支，放弃其他快活，仅保留"似神仙"的权利。

有时突破三支，或是因为高兴，或是由于愤怒，偶尔为之，恐无大碍。我也想起一个朋友告诉我的不是笑话的"笑话"。外国政要问："阁下吸烟过量，于身心不利。我国科学研究结果表明，吸烟有六大害处。"笑答曰："我国科学研究结果表明，吸烟有七大好处。"但愿不是笑话。

一个周五，在北京饭店，见一位气功大师自澳门返，声言晚期肺癌他只须四次发功即可痊愈。谈到吸烟，他说，我看吸烟有好处，有好才有坏，有坏就有好，用不着戒。

可是，大师自己从不吸烟。

北京饭店归来的次日，中午听广播，也谈吸烟。据最新研究成果，证明吸烟确实不好，要是五年不吸烟，世界肺癌发病率可以降 2/3。

又想起鲁迅。说到底，吸烟毕竟伤害身体。鲁迅兄弟仨，周作人终年 83，周建人享年 96，唯独老大周树人只活了 56！

天啊，我怎么办？

说戒就戒，咬牙，"去他妈的！"一包"茶花"牌香烟连同 Marlboro（万宝路）牌打火机一并扔进友谊医院厕所的垃圾桶。

20 多年过去了，双肺干净了，闻到烟味就恶心。

1993 年 3 月 29 日北京古园

子恺遗墨　美在至简

余生也早，是文坛"30后"，抗战期间，怀抱丰子恺先生的儿童画渐渐长大，悠然神往，道不尽的美育和温馨。

今又领受赵柱家赐赠的《子恺遗墨——丰子恺〈宇宙风〉插图原稿》（人民美术出版社出版），捧之不忍释手。

柱家先生历时有年，勾稽文簿，终日不倦，况典籍浩繁，勾稽匪易，填补了子恺先生艺术资源的一大空白。先生幼女丰一吟写道："读父亲丰子恺为《宇宙风》（1935年林语堂创办——阎注）杂志创作的插图原稿十分感慨，这些画系父亲所作，对于研究他的艺术人生及中国绘画史具有特殊的意义。"

除原稿插图13幅外，该书又收录先生的名作多幅和审美感受的文字16篇，还收有师友和学者如郑振铎、朱自清、朱光潜等艺术赏析的文字20篇，融各家精品赏析于一体，臻备而厚重。

慈母一般陪伴我长大

余幼时酷爱丰子恺的画，今又见昔日全民抗战迄今耄耋之年慈母般陪伴我长大的多幅名画，风采依然，怀之暖心。这些名画，本书多有收录。读《贫女如花只镜知》，贫女的她就是这个贫穷厨房里的主人。她的双手肯定长满茧子，她的眸子必定放出光芒，即便背过身去也能想象出那脸庞该有多美。没有眼睛看见眼神，没有五官五官毕显。静谧中小憩片刻，也不忘像人家姑娘们那样照照镜子顾影自怜看看自己，镜中花、人更美。

再看对比衣裤补丁的简陋厨具，齐齐整整、洁洁净净！

我越看越感到惭愧，怜悯之心、敬慕之心油然而生，美丽的影像牢牢地藏在心底。

丰子恺的许多漫画和冰心的散文一样，歌颂童真童美、歌颂生活大自然。人生悲欣、人情冷暖，在我幼小的心灵里埋下如来佛的慈悲。人生葆有一种美，叫"清纯"。我幼时深深地爱着这位清纯的小姐姐。

关于《最后的吻》，我想起三易其稿的故事。丰子恺途经育婴堂，见一男子怀抱襁褓中笑着的婴儿在"接婴处"徘徊，墙脚下狗妈妈带着几只小狗嬉戏，丰子恺创作了《接婴处》。过后，觉得"接婴处"不能反衬婴儿的悲惨遭遇，重新绘制了《笑涡》。后又在弄堂口看见一位年轻的母亲不时地亲吻孩子的脸逗孩子玩。孩子是妈妈的心头肉，母亲因生活艰难把自己的孩子送到专门收养孤儿弃儿的育婴堂，不是更能表现出人生的无奈么！他又重绘第三图。《笑涡》里，年轻的父亲准备将亲生骨肉送进抽屉时，笑涡荡漾在孩子的脸上；新作里，年轻的母亲准备将亲生骨肉送进抽屉时，给了孩子最后的一个吻，题名"最后的吻"，比"笑涡"更能刺痛人心。他在两幅画的墙脚下，都画了一只母狗正在给小狗喂奶——实在是一个"人不如狗"的年代！丰子恺从草稿《接婴处》到定稿《最后的吻》，三易其稿，大有深意存焉。

我至今记得这幅画在抗战时期给予每个幼小心灵的艺术打击，刻骨铭心、难以名状。

先生的《人散后，一钩新月天如水》让人浮想联翩。只不过一把酒壶、一弯残月、大篇幅的留白，眼前一亮，境界全出：窗前无人，窗前有人，老年或者中年，单独一人，抬头望月，想着什么。思念远方的故旧还是天堂的亲人？水边的晨曦还是柳下的黄昏？孤独、寂寥，静谧而清明，画中有诗，诗中有画。静静的穿庐潜入静静的走廊，黝黑的帘钩注目碧空如水的钩月，只要你有感于岁月的蹉跎你就会在这幅画前静下心来目不转睛。

一道芦帘，一张小桌，一把茶壶，一钩新月，疏朗的几笔墨痕，把人的情思融入诗的意境。

先生另一幅画叫《梁上燕，轻罗扇，好风又落桃花片》，画中有人物，悠闲文雅，虽然背过身去，却能见其人面桃花、明眸皓齿，燕声啾啾更相思。好风撩人，少年男女哪个不钟情？

有道是："自去自来梁上燕，相亲相近水中鸥。"

有道是："再拜陈三愿：一愿郎君千岁，二愿妾身常健，三愿如同梁上燕，岁岁长相见。"

大师者，慈母也

先生更有一幅喻世的名作，画一个男子、一朵花，吴冠中先生大加赞赏，说："丰子恺作过一幅漫画，表现一个瘦的诗人在闻一朵花，一旁两个商人模样的人悄悄私议，'诗人是做什么生意的？'艺术家创造出了真正高质量的艺术作品，那是国之宝，民族之魂，为全世界人民所崇敬。但杰出的作品被人们认识，往往需要或长或短的过程，甚至在作者落魄生涯结束之后，还要等许久许久。

又说："我上初中时很爱看丰子恺的漫画，跟着他的眼观察人间万象。后来进了艺术专门学校，觉得丰先生的画简单，便疏远了。如今广览天下图画，千奇百怪，装腔作势，令人厌恶者多，再看丰先生之作，亲切感人，乃真人之情，真人之艺。今大师满天飞，以大欺人，耍弄愚人，丰先生之作，画不盈尺，沁人心脾，广及大众，是人民的大师。大师者，慈母也。"

吴冠中，素以形式美著称，大师也。吴冠中十多年前对丰子恺慈母般的称颂，是大师级的虔诚敬拜，抱诚守真，嫉恶如仇，予今大有裨益哉！

还有一篇丰老自己总结"制作经验"的文章，题目叫《漫画的描法》（作于 1943 年），本书没有收录。

《漫画的描法》下定义说"漫画是简笔而注重意义的一种绘画"，同时介绍自己的经验说："制作漫画，必须先立意，后用笔……没有见解，不能立意……没有画才，不能用笔。"进而将漫画创作分为：立意（包括拈题、选材）、用笔（包括构图、着墨）四个阶段；再进而归纳为写实法、比喻法、夸张法、假象法、点睛法、象征法六种表现方法。他以《邻人》、《接婴处》、《最后的吻》、《某父子》为例强调说："漫画家在生活见闻中选取富有意义的现象，把它如实描写，使看者能小中见大，个中见全。"

先生画不盈尺，静以修身，俭以养德，灵感天赋，白描传神，寥寥数笔，画龙点睛，颇具视觉美感。

先生画不盈尺，简笔写意，巧用留白，形神毕现，不着一字尽得风流，极具感情魅力。

先生画不盈尺，其大作谦称为"速朽之作"，实则传世经典。

丰公画不盈尺，诗意盎然，耐人寻味，看似容易却艰辛，简淡、玄远，直追 1500 年来的"中国美感"。

"真传一句话，假传万卷书"，要言妙道四个字，适用一切文艺形式：美在至简。

写于 2018 年 1 月

总有那么一天

总有那么一天，我们撒手人寰。

人生，就是怎么活着。有生就有死。人活到老，老而不死，生的还照样生，家里养不起，地球装不下，非打起来不可。打仗就要死人，动枪动炮，血肉横飞，尸横遍野，然后，家里腾出点空地儿来好生养人，非生不可，无死即无生。所以，古人"鼓盆而歌"，庆贺死亡。即便是现在，家乡死了老人，七老八十的，是喜丧，就要当喜事过，送葬时重孙要戴红孝帽。"老而不死是为贼"，"贼"者，"戕贼"也（流沙河有另解，说四川老人经验丰富处事精明者为之"贼"，按下不表），老了，做不动了，戕贼害人，亲戚烦，儿女嫌，唉，老人可要当心，要自谅！我非常拥护计划生育，我一直赞成"安乐死"，从来没有动摇过。

但是，再老也得活着，当然要活下去，越老越好，老寿星、高寿遗传是"儿孙的福"，"老有所养"、"老吾老以及人之老"是国家的好名声。我只是想劝劝有些老人，不要太认真，自己"活着"不见得那么重要，自己死了其损失不见得那么重大，好像别人离开你真的不行。我的看法是，人活着靠精神，死了以后留下精神，死也要死得有点精神，战争时期如此，非常时期如此，商品经济时期也如此。什么是"孝子"？孝子就是父母生前尽力以使其精神得以维护，父母死后尽心以使其精神得以继承。精神遗产是最宝贵的遗产。是不是"三年无改于父之道"？不错，精神即"道"，只要是宝贵的精神遗产就要接续无改，时间越久远越好，"三年"嫌短。

有这样的追悼会，死者年高德劭，文艺界名副其实的一大损失。八宝山革命烈士公墓庄严肃穆，阴阳界上白花凄惨，但是等候和遗体告别的队伍里闲谈声、笑闹声不绝于耳，阵阵声浪淹没了哀乐。你并不想笑，可是对着你讲话的人不停地讲笑话逗你笑。笑声渐渐接近永别的遗体，然后，嘻笑者敛起笑脸换上苦相，作心情沉重状。现在，我很少参加追悼会，固然，不忍看见我尊敬的人枯瘦变形的面庞，最怕的还是那笑——残忍的打闹声。

有这样一个儿子，老父在堂，什么都不管，父亲死了，拿死人赚钱，丧事大操大办，重孝厚葬，哭哭啼啼，叽叽喳喳，吹吹打打，一长串汽车装上纸糊的金童玉女、使唤丫头，装满冥币和存折的保险柜，盛满各样吃货的电冰箱、电视机、洗衣机、双人床、电褥子、沙发衣柜和带三气的四室一厅（角角落落布满花枝招展的美妞们），满满一河滩，烧、烧、烧，火光冲天！我要是那位死者，我就从棺木里钻出来，当着送葬的宝马、尼桑、桑塔纳和北京吉普把我的亲儿子一把掐死，然后空心一人跑到阎王爷那儿主动投案,哪怕下油锅。

黄苗子70岁时立下《遗嘱》:"趁我们现在还活着之日起,约好一天会作挽联的带副挽联(画一幅漫画也好),不会作挽联的带个花圈,写句纪念的话,趁我们都能亲眼看到的时候,大家拿出来欣赏一番。这比人死了才开追悼会,哗啦哗啦掉眼泪,更具有现实意义。因此,我坚决反对在我死后开什么追悼会、座谈会,更不许宣读经过上级逐层批审和家属逐字争执仍然言过其实或言不及义的叫作什么'悼词'。否则,引用郑板桥的话,'必为厉鬼以击其脑'。"

"我和所有人一样,是光着身子进入人世的,我应当合理地光着身子离开(从文明礼貌考虑,也顶多给我尸体的局部盖上一小块旧布就够了)。不能在我死时买一套新衣服穿上或把我生前最豪华的出国服装打扮起来再送进火葬场,我不容许这种身后的矫饰和浪费……此嘱。"

人生体验啊,君莫笑!"人之将死,其言也善",人之将老,其言也怪。话虽说重了,但是中听,悖于常情,却惊世骇俗,真真确确地总结了人生经验,不乏自知之明。

我今年比当年黄苗子留遗嘱时还长好多,我也想了很多,已经想好了。在我离开这个世界的时候,要像父亲一样,不与人争地,不给后代添麻烦。我,一介书生,身无长物,没有给儿孙什么,也不想叫儿孙给我什么,再难受、再痛苦,也不哼哼、不号叫、不声唤,免得家人在病榻前看见心里难受,眼睛一闭走人，任事不知，灰飞烟灭，骨灰也不留。"儿孙自有儿孙福"，该干什么干什么，有你没你一个样，就像我在《父亲喜唱〈卿云歌〉》一文中所描绘的那样：老人家临终时心诵"吾道不孤"、泰然处之，让床边的后辈们自个儿去琢磨、去理解。

"体胖"与《宽心谣》

父亲殁于望九之年,高寿。他的经验是:寿在运动,散步万岁。后来又有补充说:"'心广体胖',四字诀也!""胖"者,舒适安泰之谓也,不能当"肥胖"解,不信查查字典。

生命在于运动,乃健身之术;心广才能体胖,乃健身之法。身心健康,才是真正意义上的健康,"哀莫大于心死","心死"才是真死。

我,一个肉瘤患者,1979年术后至今30多年了,活得好好的,究其原因,不外乎把"心广"看得比"体胖"更重要。为了治病养病,我自己发明了两个"方子",一个是"饺子疗法"(薄皮大馅、青菜透绿、辣椒蒜水),另一个是"说笑逗乐子"(笑一笑、十年少,幽默出智慧,健脑又宽心),至于死呀活呀的,抛却脑后,哪管它世事无常、文坛云涌、不如意事常八九;哪管它人欲横流、名缰利锁、公无渡河、公竟渡河!不计较、不想、不怕,精神上成了强者。

我多年来服用"黄氏抗癌粉"作用显著,也有关系吧。

治癌军医黄传贵,积三十多万份病历之经验与教训,心情沉重。他为沈从文诊病,特别是为巴金晚年切脉后,对作家的身体状况深感忧虑,对我痛极而言之:第一,辛勤劳累者易患癌,癌症不大找懒汉,所谓"好人命不长"。第二,身健者易患癌,残疾人反之,所谓"弯腰树不断,痨病人不死"。第三,多愁善感者易患癌,乐天派反之。前两条看似荒谬,实则不诬。还有一条一针见血,找着了病根。某年8月,唐达成、邵燕祥等几名作家一行到晋中南考察环保工作,我介绍完以上黄传贵的三条后又补充说:"我续上一条,环境污染严重的地方易得癌,山清水秀、海清河晏之治人寿年丰。"言罢,掌声四起,千愁万绪,尽在这掌声起伏中。缪俊杰半开玩笑地说:"闹离婚的作家易得癌,婚姻美满自有抗癌反应。"我补充说:"应该是离婚长期扯皮的人易得癌……"众大笑。

  作家艺术家情感丰富,喜怒无常,容易冲动,敏感而多愁。近年来,(尤其是作家)英年早逝的一个接着一个,但文艺界的寿星老儿也渐渐多了起来。寿星总结自己的经验,或曰"倒行逆施"(每日早晚向后倒行);或曰"无齿下流"、"欺软怕硬"(多吃软食、流食);或曰"水深火热","水深",嗜茶犹可,"火热",手指冒烟实不足取,仅取其"快乐似神仙"而已;或曰装聋作哑、装疯卖傻;或曰妻贤子孝、倚老卖老;或曰"能吃能睡,没肝没肺";或曰"无怨无悔";或曰"长寿则辱"(周作人八十高龄,口中念念有词,越活越受罪,请求速死,情况特殊)。我意独在"天人合一"、"心广体胖",

顺乎自然，合乎潮流，把生态环境治理好，污染要命啊！

"无怨无悔"是史学家来新夏的发明，四字箴言。怨人悔己，郁郁寡欢，焦肺枯肝，何苦呢？无非是怨天道不公，怨人情淡薄，怨怀才不遇，怨领导不是伯乐，怨朋友不是羊角哀，怨妻子既非西施又非孟光，怨子女不能怀橘温席，怨世人都是傻子有眼不识泰山，怨生不逢尘投错了胎，怨多病故人疏穷到街头无人问，一肚子的不高兴、不服气，寝不安枕，死不瞑目，然心力交瘁，朝不保夕，距离不瞑目又不得不瞑目的日子已经很近很近了。

我想起《红楼梦》里跛足道人的《好了歌》："世人都晓神仙好，唯有功名忘不了！古今将相在何方？荒冢一堆草没了。"——权欲啊权欲！"世上都晓神仙好，只有金银忘不了！终朝只恨聚无多，积到多时眼闭了。"——利欲呵利欲！

有权又有钱固然诱人，但只能降福到极少数人的头上，为什么一定是你呢！

"世人都晓神仙好，只有娇妻忘不了！君生日日说恩情，君死又随人去了。"——去就去了，寡妇再醮合乎人道，只要生前不"随人去"就是幸福。"世人都晓神仙好，只有儿孙忘不了！痴心父母古来多，孝顺儿孙谁见了？"——孝顺儿孙还是有的，重病床前有孝子，然而，我得劝劝老哥，膝下有孝就当膝下无孝，现代子孙靠得住靠不住谁也难说，管它靠住靠不住，真靠不住难道就不活了？照吃不误！读读、写写、画画、聊聊、玩玩，给人方便自己方便，多行善事。漫步公园听鸟叫，垂钓鱼塘静心性；沐浴春风种瓜种豆，莳养盆景复归自然。无欲则刚，心广体胖；勘透世故，可养天年；天人合一，寿登期颐。对生活从来不悲观，对人生无怨亦无悔；须饶人时且饶人，未竟之业待后生。

我佩服于光远老学者，他抱定"活着干、死了算"的坚定信念，笑对术后多次化疗。他说，人家是"化疗"，我是"话疗"，"无时不思、无日不写"，每年出四五本书，"话疗"胜于"化疗"。

问他如何养生，他说："一个字——'笑'！笑是开心果，笑是智慧，笑是抵抗力，笑是健康！"问他对付癌症的诀窍，他哈哈大笑，说："让自己身上的'话疗'细胞一定吃掉癌细胞！"

"笑一笑，十年少"，以笑御死，自强不息，该干什么干什么，活得有滋有味。

无争无欲自无愁，
有子有孙书半楼。
敢向人间夸宝贵，
知音好友遍神州。

这是诗人刘向东约稿时抄送给我的一首打油诗，系"老爷子新近口占",如偈如禅,抗衰老的一剂验方。

20多年前,当人们"端起饭碗吃肉、放下筷子骂娘"的时候,有首《宽心谣》由山东传到北京,句句扣人心弦,听后十分喜爱,今吾老矣,扪心思之,自得其乐,别有一番感受,故常歌之、舞之,以示友人。歌曰:

日出东海落西山,愁也一天,喜也一天;
遇事不钻牛角尖,人也舒坦,心也舒坦;
每月领取退休钱,多也喜欢,少也喜欢;
少荤多素日三餐,粗也香甜,细也香甜;
新旧衣服不挑选,好也御寒,坏也御寒;
常与知己聊聊天,古也谈谈,今也谈谈;
全家老少互慰勉,贫也相安,富也相安;
内孙外孙同待看,儿也心欢,女也心欢;
早晚操劳勤锻炼,忙也乐观,闲也乐观;
心宽体健养天年,不似神仙,胜似神仙。

这首《宽心谣》让我想起宋人蒋捷夫妇的"流光容易把人抛,红了樱桃,绿了芭蕉"与"是君心绪太无聊,种了芭蕉,又怨芭蕉。竟悔当初未种桃,叶也青葱,花也妖娆。如今对镜理云鬓,诉也无言,看也心焦"。又想起清代蒋坦与秋芙的"是谁多事种芭蕉,早也潇潇,晚也潇潇"。还想起王国维的

《采桑子》："高城鼓动兰釭灺,睡也还醒,醉也还醒,忽听孤鸿三两声。人生只似风前絮,欢也飘零,悲也飘零,都作连江点点萍。"

哈哈,此亦境界,彼亦境界,人生百味,各有各的活法。

《宽心谣》尽善尽美,但是现成的"心广体胖"不敢用,偏偏改成了"心宽体健"。当然,"心宽体健养天年"也很好,但须指出:"心广体胖"之"胖"本来就不是"肥胖"的意思嘛!《礼记·大学》云:"富润屋,德润身,心广体胖。"所谓"心广体胖",是指有修养的人胸襟宽广,体貌自然,安详舒泰,简单点说,"胖"者,舒适安泰之谓也。我怀疑,正因为对"心广体胖"产生误解,谈"胖"变色,为了支持以女性为中心的"反肥"、"减肥"运动,便生造出个"心宽体健"的新成语来。

既然"心广体胖"之"胖"不能当"肥胖"解,又安详、又舒泰,那么,把《宽心谣》里的"心宽体健养天年"改为"心广体胖养天年"岂不更妙?

后来据查,《宽心谣》系赵朴老所作,难怪!佩服!惭愧!这不在太岁头上动土吗?

作家的包装

小时在西安,常见父亲和客人交换名片,那片片,掌上把玩,颇觉有趣,相信长大以后,也会有片片,也印上自己的身价姓名。

那时叫"名片"为"名刺",后来革命了,解放军进城,连名片的命也给革了。所以,改革开放以来启用名片,我感到新鲜却不感到奇怪。

1980年代初,名片兴时,我的夙愿以偿,也曾经印过几盒,怀揣名片却不好意思掏出来送人。

人为什么要互送名片?为了验明正身,自我推销。

留个地址、电话什么的,回头好联络,但主要还是为了亮明身份。既然如此,那么,谁的级别越高,名气越大,谁越神气。好像就是那么回事。

彼此见面后、会议开始前,序幕的序幕是交换名片,名片大战。这时候,全场最活跃,气氛最热烈;这时候,只有这个时候,才是那些最爱出风头、最爱拉关系的人最难得的机遇。

要是名人遇到大官,或者大官遇见名人,气氛还要热烈。"您就是大名鼎鼎的××同志?!"惊叫之声不绝于耳。只见名片飞舞，艳羡大作，或拍肩抚背，或交颈拥抱，或抱住对方的手臂乱摇晃，攥得人手背怪疼的，摇得人胳膊快要散架。

这无疑是名气和职位的大竞赛，实力与派头的大联展。"冠盖满京华，斯人独憔悴"，总有一些人不那么舒服，或者看不惯，或者被冷落，或自惭形秽主动靠边站。这种场合，自己扮演什么角色，自己心里明白。

后来，我没有再印名片，退下来以后，更没有必要印名片。当然，碰到有些场合，大家交换名片，你那儿干戳着人家不理解，还以为下台之后想不开，吃不着葡萄说葡萄酸。

此次南下参观，属官方邀请，不时出现在官场。人家这里当官的，名片反倒素雅，一个官衔说明了身份，无须丝丝萝萝显摆炫示，倒是我们一伙舞文弄墨的不敬惜油墨，过分堆砌，什么"长"什么"事"什么"员"什么"问"一大串，把粉全擦在脸上，唯恐别人不知道自己是个人物。我本想立时上街做两盒名片，临场怯懦，罢了，罢了。

只收礼，不待客，我白落了一摞名片。

有张名片，把自己的头衔分为"短期的"、"长久的"、"任命的"、"挂职的"、"代理的"、"授予的"、"表彰的"凡七类，文武昆乱不挡，十八般武艺样样精通，一专多能，人才难得，有趣，好看。

有张名片，一共十个头衔，第一个头衔就是："中华人民共和国国务院特殊津贴获得者"。

有张名片:"教授(相当于一级作家)"。

有张名片:"……副主编(没有主编)"。

有张名片:"著名文艺批评家"。

有张名片:"……副主任(厅局级待遇)"。

我想起一件事来。某年某月,在中原某名城某个像样的宾馆,我们"编审"一行数人登房。验罢工作证后,服务人员问:"你们住三人间的还是四人间?"我们回答说:"住两人间。"服务员故作鄙夷状,说:"两人间的没了。"我们指着一楼空荡荡的房间质问道:"那不是吗?"服务员觉得可笑,不无揶揄地说:"那是给科长留的!"

"三代以下,未有不好名者","不在乎天长地久,只在乎曾经拥有",所以,对于在名片上加注级别待遇什么的,我很理解。不过,我的名片死活也不印了。

开幕式后,餐厅的路上,邵君燕祥递给我一张名片,说:"我的电话有变动,留个电话号码给你。"我接过一看,颇为吃惊,名片上留白很大,除去三个字的大名以外,就是下头一行小字——住址和电话。

他的名片上什么头衔也没有,可是,文坛无人不识君——中国作家协会主席团成员,诗人兼杂文家,他的作品就是送给朋友的名片。这类名片是无字碑,什么都没有,什么都有了。

陈国凯送人的也是空头名片,什么头衔也没有,但文艺界谁不知道他是广东省作协主席?

巴金出国，中国作协给他印名片，各种头衔耀人眼目：政协什么，作协什么，上海什么，最后是"小说家"三个字。巴老嗟叹："小说家才是首要的，没有小说家三个字，哪来的其他什么？"

还有更绝的，名片上的头衔倒是有："我，沙叶新。上海人民艺术剧院院长——暂时的；剧作家——永久的；某某理事，某某教授、某某顾问、某某副主席——都是挂名的。"

有一张名片，生怕别人忽略自己，折叠式的，篇幅大，加印上发表作品的详细目录，还有获奖作品的目录，更详尽，名片的四个版面密密麻麻，而我们，都到了不戴老花镜就成了睁眼瞎的年龄，如此名片，上面什么都有，什么都没有。

日前，中国请辞文科"资深教授"第一人的章开沅，接受《新京报》访问时说，他曾经收到北京一位教授的名片，只印了六个字："退休金领取者"，是"奇人"。他请辞（同于院士丰厚待遇的）"资深教授"后，也以"退休金领取者"自居。

有诗为证："丈夫所贵在肝胆，斗大虚名值几钱？"

我的文化承诺（另二则）

一、文艺旨在激活民族魂，直起民族脊梁。

二、文艺家妙在独特的发现和自由的想象。

三、深入生活贵在洞察人的灵魂。

四、写特殊，特殊地写，写复杂，复杂地写！复杂才是人的属性，才是心灵的辩证法，才有艺术感染力。

抵制"无冲突论"，"你怕刺就不要动玫瑰花"（马克思语），"打架才有人看"（毛泽东语）。

五、没有把该作家同其他作家区别开来，没有把该作家同他的其他作品区别开来，不要动笔写评论。

六、我拥护毛泽东提出的"现实主义同浪漫主义相结合"的创作方法。我服膺恩格斯提出的"美学的观点和历史的观点"相结合，以为这是评判文艺的"非常高的、即最高的标准"。

依据这一经典论断，完全有理由这样理解：

（一）文艺首先是艺术，是音容笑貌、喜怒哀乐，是心的交流，是真善美，文艺家必须具备美学资质；

（二）"文艺为最广大的人民群众服务"（毛泽东语），为人民的审美活动服务，文艺家对历史的真相负责，接受历史的检验和评判。

七、见贤思齐，人之患在好为人师。给人写序的事要少干。

八、是作家，不忘刊发处女作的编辑；是编辑，学巴金，为"说真话"的作家服务。

九、牢记难中有恩于自己的人。

十、不同忤逆之子和发财不择手段的人交朋友。

散文是"诗的散步"

我给自己立了几条规矩：

一、我的散文含诗量很少，但在现场，出自真心。

二、没有独特的发现，没有触动灵魂，不要动笔。

三、没有新的或更深的感受，不要动笔。

四、传神的细节是魔鬼。没有一两个类似阿Q画圈圈、吴冠中磨毁印章那样典型的艺术细节，不要动笔。

五、魏晋风度的"清峻、通脱"——鲁迅解释为简约、严明和随便的风格很对我的胃口，勤学苦练，望洋兴叹。

六、扫除腻粉呈风骨，褪却红衣学淡妆。

答"作家人生10问"

问：你成功的经验和秘诀是什么？

答：才分不我，无论成功。

问：你最喜欢读什么书？

答：《辞源》、《辞海》、《百科全书》。

问：你最大的嗜好是什么？

答：我的诨名"胃亏面"，再加上音像（＋上网）和说笑。

问：你最大的烦恼是什么？

答：虚与委蛇，"谋财害命"。

问：你是怎样看待金钱和名利的？

答：安贫乐道，钱不烫手。

问：你是如何处理周围人际关系的？

答：好心待人，不整人的都是好人。

问：你向往什么样的生活？

答：醉卧书林，寄情电脑，指天画地，含饴弄孙。

问：你喜欢和什么样的异性相处？

答：不带异性偏见的异性。

问：你的座右铭是什么？

答：生前有血气，身后有骨头。

问：请你对想成名的人说几句话。

答：大音希声，大器晚成。

1995 年 9 月北京古园

淡淡的浓浓的

——侯雁北的散文艺术

10 年前的 2008 年，举办"侯雁北（阎景翰）先生 80 华诞暨从事文学创作和教育事业 60 周年座谈会"，我给叔叔送上贺辞：

孔孟兼容老庄　　尊鲁又投孙犁
翰叔八十才不老　　光前裕后期颐

这是我对景翰叔人品和散文文品的概括。至于人称"陕西的孙犁"的侯雁北怎样"尊鲁又投孙"，是不是也像孙犁那样的方式尊孔，就难说了。有多少个明星就有多少个哈姆雷特。

"文革"前后，孙犁的风格变化很大。前期，感于世、多于情，"喜欢写欢乐的东西"，阴柔之美盛；后期，衰年得道，大道低回，深于世、勤于思，忧患意识强化，"衰病犹怀天下事，老荒未废纸间声"。作《耕堂劫后十种》，幽深悲愤，阳刚之美盛。

饥饿和专政让性格软弱的翰叔变得小心翼翼，他是失掉土地的空手农民，又是下放劳动的"臭老九"，最底层的贱民，笔下的每一个标点都颇费斟酌，孙犁前期讴歌农民和亲人们人性美的作品投合他的创作意向，也安全。

我自己想学鲁迅也想学孙犁，学鲁迅的忧愤深广，学孙犁后期到晚年的沉郁悲愤，尤其是实为散文却自命的"芸斋小说"，指着"四人帮"和风派人物的鼻子讥讽捎带唾骂。我家翰叔心有余悸，内敛，把恩怨情仇埋在心底，即便倾诉也不过暗示，闹起改革开放，方才直言不讳，但像孙犁《王婉》和《冯前》这样激烈绝情的文字，他还是忍了。

而我，怒不可遏，大呼小叫，评论腔，没修性，失之直露。地基有多深，楼就有多高。

气味相投从而投缘。孙犁有《黄鹂》，翰叔也写《黄鹂》，孙犁有《蚕桑之事》，他写了《蚕桑事业及其他》，孙犁散文集《白洋淀纪事》，他的散文集取名《楼谷纪事》。我特别注意到前有孙犁的《亡人逸事》，后有翰叔的《给亡妇》，再有《病人和罪人》、《扫墓和探母》、《遗物惊梦》、《片土》和《1998年的片土》一连串。

孙犁的《亡人逸事》我常读不懈，不下二十多遍。它很短，十多二十分钟可以读完；入题也平淡，不过门洞定亲和偷偷见面两出过场戏，但是读到"几乎每天梦见她……"、"就是这样的文字，我也写不下去了"。再读到临终前问他为什么把布寄到"我"娘家，他说为的是叫你做衣服方便呀！"她闭上了眼睛，久病的脸上，展现了一丝幸福的笑容。"我任由泪湿双颊，半天平静不下来。

翰叔的《给亡妇》，先说她去世20年后，无数次的在梦中寻找她。然后，告慰她最放心不下的子子孙孙一个个如何有出息如何在国外工作和发展，一个人一故事，像家史，兴衰有趣。至于他自己呢？也恢复了人的尊严。正是她离世不到一年，他被确认离休，工资提高，子子孙孙也都好了起来，便对着死不瞑目的她说："你到这个世上来，好像就是专门为了受苦受罪的。"等到那一天到来，"落叶归根，你我合葬在一起"。教人如何不泪垂！

在《片土》和《1998年的片土》里他又写道：

我的老伴是个地地道道的农民，她很看重种菜，而我对种花有些兴趣，花菜之争常在这块土地上进行。不幸的是多年卧床，她只能躲在床上指挥她目光所能达到的那片狭长的地段。春天来了，她催我栽番茄，我就栽番茄；秋天来了，她催我插蒜秧，我就插蒜秧。望着番茄开花、结果，她知道"立夏"了，"芒种"了，望着蒜秧泛绿，她知道"寒露"了，"霜降"了。真应该感谢门前这片小小的土地，多少年来为一个足不能出户，看不见星月，看不见云天的人，报告着春秋代序，斗转星移。

后来，老伴去世了，这片土一直荒芜着，只让许多草虫住在草丛，从夏到秋整日聒噪。

再往后，他觉得对不起门前这片土地，仍按老伴在世时目光所及的地段点瓜种花，蜜蜂来了，蝴蝶来了。"她要活着多高兴啊！"

最后的话："我就坐在老伴生前一直躺着的地方，偏着头，从那位置、从那角度向门外张望。起初，我每天清清楚楚地看见了那三种瓜——丝瓜、苦瓜和金瓜，后来，我便泪眼模糊了，连什么也看不见了。"

孙犁同新婚爱人"还乡"，人非物非，处处碰钉子，感情复杂，欲说还休。最后的最后，他雇的"二等"突然问他："你们村里，有个叫孙芸夫的，我读过他的小说，现在此人怎样？""他还活着。"戛然而止，耐人寻味。形势大好，臣罪当诛兮天皇圣明，真的，一片大好！《还乡》者，精品。

翰叔的《病人和病妻》一直到"惊梦"又何尝不是？病妻从妒意、反常的表现，主动地转怨为爱，三段式的感情折磨与"掰情"的纯真和高尚，欲哭无泪，梦里匆匆，"再也见不到她了！"掷笔三叹，聊当一哭。

伤往事，自难忘。一天，父亲要我给翰叔的女儿、儿子，我的弟弟、妹妹写信，让他们准备给父母办理离婚手续，说："一个活人，从四十多岁到六七十岁，过着不是人的日子，这不合人的本性。我是哥哥，趁我还活着，就得管管。儿女们会替父母着想的，病人照样能够得到精心的护理。马上写信，万勿延误，造成终生恨事。"父亲当时很动情，嘴唇直打哆嗦。但叔叔不为所动，一直陪伴到底，陪伴她入土直到其后二三十年每每梦中。

再看看他们读了多少书。孙犁有《书衣文录》为证，篇篇加注评点。1978年9月，我致信孙犁请求指导我如何提高评论水平，他在信中回答我应当怎样读书时，列举了那么多的书名，从俄罗斯到欧洲再到苏联和日本，又从外国转向中国，从《诗经》序和《文选》序，历朝历代一直到金评《西游记》和王国维评《红楼梦》，一大堆，有些书我竟然闻所未闻！

翰叔也是嗜书如命，取法乎上，同世界一流的思想家进行心灵上的交流。外国名著充实了他的审美体验，古文、古诗成全他炼句炼意斐然成诵：

了却心愿　怀土为安
回归太虚　薄棺成殓
　　——苦海终极

这样的文字，没有深厚的古典文学垫底写不出来。

虽说翰叔"尊鲁又投孙犁"，篇篇用心，处处自然，但和孙犁有异有同。孙犁精短，翰叔少有孙犁的老辣，却较之细腻。翰叔文章做到陈述时段像是刺绣，一针针一线线不能马虎草率，又像鲁迅说萧红:"女性作者的细致的观察和越轨的笔致,又增加了不少明丽和新鲜。"他借助孙犁,不囿于孙犁。

江山代有才人出,现在要说他是"陕西的孙犁"不合时宜了。只有一个孙犁,只有一个侯雁北,美哉,孙派散文的大家风范!

要问孙派散文的艺术品位和风味,总起来六个字:淡淡的,浓浓的。

第一乐章:淡看人生,淡泊明志,像平常人说话,用亲历的生活场景感悟人生,用典型的细节和鲜活的形象传神,七情六欲、五光十色,铸就一款新结构,自然、明丽、冲淡,淡入。

第二乐章:呈现部,变奏曲浪漫曲,潇洒笔墨,真情记述。有诗、有画、有节奏、有旋律。难怪孙犁奇才多面手,小说、散文、杂文、文艺理论、文学批评,十八般武艺样样精通,还作诗,治印,书法也见功力。翰叔博览群书,通古博今,打自小写诗,写小说,爱秦腔,学画画,也治印,长期从事写作课教学,出版写作论专著两部,出版长篇小说《天命有归》。他写人物,个个小说笔法;他亲情浓郁,笔下的阎姓亲人家族性格格外突出。我想要写的族人,他只要写过,我不得已整段地偷来,反以为荣。

淡淡入题,追之忆之,如怨如慕,如泣如诉,越读越有味。俟情绪的震动深化到了沸点,读者再也出不来了。

第三乐章:最后浓出。精心经营结尾,感叹人性的缺失与人情的美丽,一波三折,一唱三叹,余味曲包,发人深省。曲终人未散,此恨绵绵。

孙犁推崇欧阳修,几句话总结出欧阳散文的写作经验:

欧阳修的文章,常常是从平易近人处出发,从入情入理的具体事物出发,从极平凡的道理出发。及至写到中间,或写到最后,其文章所储蓄的道理,也是惊人不凡的。而留下的印象,比大声喧唱者,尤为深刻。

又在写给铁凝的信中仅仅用两句话进行概括:

有方向而能作曲折。
在浓重之中,能作深远之想。

这是孙犁的真传,真传一句话、假传万卷书。
翰叔也总结过自己的经验。

"寓悲于乐或寓乐于悲这种越轨的笔致是常常有的,但最后还是会回到'一倍增哀乐'上来。这好像牵连到美学中的'悲剧快感'问题。""简单说来即通过一些手法,把生活加以'过滤',除去原来的粗糙和鄙陋,更生动深刻地给人一种生活本身不能提供的审美快感,净化人们的感情,提高人们的精神境界,认识美,憎恨丑,同情善,反对恶,使人从悲痛中产生力量,

为实现美好的愿望和理想而奋斗。"(《静夜的钟声》后记)

又写道:

"《红楼梦》中写林黛玉从傻大姐嘴中知道宝玉将娶宝钗为妻直到焚稿断痴情,心里充满痛苦和悲愤,但作者前后共13次写到她的笑,这一连串的笑,多么震撼人心!""以乐写悲而一增其悲怆,这种独特的反衬手法,具有极强的艺术感染力!"(拙作《美丽的夭亡》封底题词)

综上所述,验证我所谓"淡淡的浓浓的、一波三折、一唱三叹"信而不诬!

语言至关重要,语言的蕴涵关乎散文的成败。语言在他们手里实在太神奇了。

平易,隽永含蓄,明白如话,不把话说尽,难以言说的复杂感情,一句话甚至一个留白就交代了。唯陈言之务去几乎找不出一处陈词滥调,不卖弄,不作伟语,标题一般不超过五个字。

不但表意而且表声表象;既演述悲欢离合之事又多识于鸟兽草木之名;既是视觉艺术又是听觉艺术,既是案头作品又是口头作品;手则握笔,口却登场,以至于"观听咸宜"。诗中有画,语言美学的高境界。

语言是他们的名牌,一色的白话,融入多种因子:古典的,民间口口相传的，日常的生活用语包括谚语，同时从《红楼》和"笔记"、"话本"中拿来，娓娓道来，涓涓细流，像"话本"讲故事，像《红楼》文绉绉地说事。

他们对语言宗教般地崇拜，语言神奇无比，它是魔杖，能激活文思，人们读着读着堕入爱网。依我看来，孙犁、汪曾祺、贾平凹等，走的都是这个路子。

"国家不幸诗家幸，赋到沧桑句便工。"散文就是用活生生的景象同自己对话，用真情传神和亲友们谈心，恂恂如也，谦卑逊顺，不摆架子不训人。

美哉，精致的白话文！

侯雁北的散文就是他精致的语言，读侯雁北就是读他的语言。

偶尔，兴之所至，放纵笔墨，叙事状物，铺陈过细，但绝非卖弄。

真难想象，苦了一辈子、坚守一辈子、晚年"脑梗"山穷水复疑无路的病人，竟然在三年内出版《华山卵石》、《楼谷纪事》、《静夜的钟声》和《月夜》四大部散文集，百多万字，了得！《给亡妇》不让《亡人逸事》，《静夜的钟声》（再加上《致夏末秋们》）这样长而好的散文似乎要续成钱锺书《围城》的小妹篇，不容易啊！

马克思说过这样的话："在科学的道路上没有平坦的大路可走，只有在崎岖小路的攀登上不畏劳苦的人，才有希望到达光辉的顶点。"

对于散文写作,仅仅凭借"不畏劳苦"就"有希望到达光辉的顶点",我表示怀疑。

我现在明白了,才情不济,无论孙犁还是"陕西的孙犁",单凭"不畏劳苦"是学不来的。

劳苦加天分成就才俊。翰叔的弟子朱鸿、冯玉雷、张宗涛、阎庆生等一个个脱颖而出,各从某些侧面承接先生"淡淡复浓浓"的艺术风格并且发扬光大。

2018年戊戌秋日北京

完稿之日,适逢景翰叔九十华诞,赞曰:

一生顿踣　半世跎蹉
何以解忧　长歌当哭
风兮风兮　余味曲包

我真傻,劝翰叔加入作协,笑而不答。

阎纲戊戌秋日

人要变狼了！

——有感于吕昉的《一只叫尼玛的狼》

吕昉的《一只叫尼玛的狼》是动物寓言。

人变狼比狼吃人更可怕！

吕昉具有叙述艺术的才能，不论是写狼和羊的人性还是写狼和人的兽性，无不惟妙惟肖又动人心弦。

他的描写注满了真性情。六只小狼因为没有奶水的哺乳，"皮毛干燥得像是六堆移动的柴草"。

他写尼玛妻子像几个小崽子样地叫着去掏丈夫的嘴。脖子一弓一弓的尼玛只吐出两只不大不小的鼠兔来。三个崽子争抢着，鼠兔在瞬间就没有了。尼玛的两只前爪已经血肉模糊，脚趾已经掉了好几根，妻子哭了，对着丈夫长啸。

他写风大得能把狼吹倒。尼玛把冻得实实在在的羚羊肉在嘴里研磨着，与其说是肉被他嚼碎的，还不如说是被他的体温暖化的。尼玛必须尽可能地多吃，才能储存热量逃过高海拔地区严寒的追杀。

他写独耳母羚羊走过来出乎意料地伸出舌头舔舐尼玛的

脸，尼玛对着她长啸两声，她反将自己冰冷的身体贴到雄狼的身上。为了活下来，母羚羊不得不这么做，然而，此刻面对的是曾经凶残地咬住自己耳朵的雄狼，他会心慈手软吗？这是赌博，她下的注是九死一生。

惊呆了的尼玛突然有了种异样的感觉，像是被人类误解并遗弃却被自己的死敌理解并信任着。他回过头去，感激地伸出了舌头舔舐对方的脸颊，再把肉嚼碎，一口又一口地喂到独耳母羚羊的嘴里，她大口吞咽着同类的骨血。做这一切时，尼玛的心中充满着自豪。

他写敞篷吉普里的偷猎者并未停车，他们对狼没有兴趣，刚才射出的这一枪，只是为了消遣而已。吾命休矣！血从两个嘴角流下来，染红了尼玛的脖子和双腿。

尼玛没敢耽搁一秒钟，"我得回去，得在我倒下以前回到家里，我的尸身最起码能让他们母子延续几天口粮！"

风使劲地吼着，雪花疯狂地飞舞，夹杂在雪里豆大的雹子子弹样地击打尼玛的嘴脸。天意弄狼。

奔跑的尼玛宛若一盏摇曳于风雨中的灯火，随时都会熄灭。妻子看见了，朝他跑去，眼前一黑，丈夫一头栽倒在荒原上。

……

好啊，一篇深藏在传奇故事里的悲剧、童话和寓言。

人和兽，兽和人，兽变人，人变兽，人吃兽，兽吃人，人灭兽，兽灭人，狼兽绝迹、兔鸟烹尽之日，也是众生被裁出局之时。人要是变成狼,被现代技术武装起来的人一旦变成比动物更凶残的狼,人也就完了。

写非人之人性或兽性之人性的小说不在少数,改编成电影世界闻名的动物片也数得过来,《白木耳和黑木耳》和《狐狸的故事》就是。

《一只叫尼玛的狼》如诗如画,何日拍成电影?

2019 年 4 月 23 日

她和史铁生是温暖的朋友

——《从炼狱到天堂》序

他看上去很憔悴,满脸倦容,备受疾病的折磨,但目光温暖安详。

《从炼狱到天堂》,作者赵泽华,她"温暖的朋友"是史铁生。

一

史铁生,与病痛为伴,淡泊人生,苦苦求索,保有顽强的生命力,石破天惊,极具有研究的价值。

书作者赵泽华,一个火车轧伤、右腿截肢,高楼倒栽、左臂错位,死过两次,终于战胜死神"在刀尖上跳舞"的编者、作家。

赵泽华研读了史铁生的全部作品,有的作品不止读过一遍。

两个残障人作家在零距离的交往中,在共同与生命周旋的过程中结为无话不谈的挚友。他们感同身受,做内心深处的交流。

史铁生走了,赵泽华通过怀念显现他不死的生命。

她的文字凝重、抒情，饱含着热泪。

她不尽地叹惋："社会只对承受痛苦的人表示同情，唯有对战胜痛苦和命运的人表示敬意。""对于那些微笑面对死神的人，死神不过是一个引渡者和使者。""独特的文字魅力和悲天悯人的情怀，以轮椅和文学为方舟，泅渡了自己也普度了众生！"

二

凡人，必死，又得活着，这是一道生命哲学的尖端命题。人活着，靠的是精神，死了，留下的是精神，死，也得有点精神。

他虽然不能拒绝最残酷的命运，但仍然可以选择有尊严的生活。

他像一个人被逼到命运的悬崖上，突然发现自己还有一双可以迎风展开的翅膀。

他越来越不满足于外世界的伪善和现实主义的模式化，与其说"艺术高于生活"，不如说"艺术异于生活"，因为艺术中有"我心中"的生活，正应了王阳明的一句名言："破山中贼易，破心中贼难"。越到后来，史铁生越是转身内世界，揭示人的灵魂，解剖一己之私密，在地狱的无边煎熬中，在人性善与恶、爱与憎、生与死的不同视角的轮番拷问中，忍痛为鲜活的生命问路。

他宁静得孤独，受刑般的病痛，孤独与病痛，是史铁生世俗地狱里附加的地狱，他一边承受双重地狱，一边感悟人的心经。

他说："死神就坐在门外的过道里，坐在幽暗处、凡人看不见的地方，一夜一夜耐心地等我，不知什么时候，它就会站起来，对我说，嘿，走吧。我想我大概仍会觉得有些仓促，但不会犹豫，不会拖延。"

死神掳走了史铁生的生命，无法没收他的灵魂；灵魂在人们心里点燃长命灯。

史铁生贯穿于人格和文品中呼唤精神自由与个性解放的精灵，有如汤显祖《牡丹亭记题词》所言："生者可以死，死可以生。生而不可与死，死而不可复生者，皆非情之至也。"

在灵与肉的研究课题中，史铁生的至善至美是一个深刻的存在，也许是他的那难于参透的禅。

书名《从炼狱到天堂》，题记"你的身体似一座炼狱，而你的灵魂光明如天堂"。善哉！不在炼狱受磨，哪有诚心度化天堂？

地坛是他的精神家园，他活在那里。

2016 年 4 月 20 日

【附识】从干校返城，我胃底长肉瘤了，术后，阅读史铁生"遥远的"却近在我们陕西家乡的"清平湾"，反反复复地读着。我在破老汉和作品里"我"的身上琢磨民族传承的意蕴和当下生命存在的方式，不禁泪眼婆娑。我去地坛练功。

地坛，史铁生灵魂的栖息地。我蹬自行车带着癌症术后的女儿投身地坛，练郭林气功："吸——呼——呼"，然后寻找史铁生轮椅云游的线路和印痕，似乎那里就是他想到死又想到生的地方，似乎远处传来妈妈唤儿时焦虑不安的音调。

当我想到清平湾也是我的家乡，想到我去地坛练站桩，陪伴女儿沿着史铁生轮椅碾过的印迹追问人生、寻求救赎的情景，我勇敢了，终于将写序的事应承下来。

2017 年

他叫白孝平——序小小说集《老四家的羊》

听乡人介绍,县上有个"泥腿子",整天和庄稼打交道,既握锄头,又握笔杆,敬畏文字,感恩生活,热爱生命。他叫白孝平。

白孝平惯于小小说体裁的写作,说:"小小说精致可爱,小有小的味道,说有说的乐趣。"

迷恋、精心和自信,使我对这位"职业农民"顿生敬意,随即打开他未定稿的小说集,日夜兼程,津津有味,独独一篇千多两千字的《老四家的羊》就让我惊喜若狂。

此外还有黑色幽默《鸟的事杏的事》;有"哥们,千万记住,记住一个方向,回家,牵一牵那一双老手,说一说甜心话儿"的《嗨!哥们》;有《飞翔的鱼》,曲折回环,到了儿离开时光隧道变成飞翔在空中的鱼;有想象奇特的《老四家的羊》,极尽讽刺挖苦之能事,让世上的忤逆之子无地自容。

语言是文学的家,汉语语言诡异多义,想象力丰富,读文学就是享受语言。白氏一色的白描却饱含诗意的讽喻语言是长期艰苦锤炼的结果,了得!

早在 2007 年"陕西首届农民征文大赛",《老四家的羊》就以一等奖夺冠,抱回一台 29 英寸的大彩电,"职业农民"声名大噪。

礼泉出才子,我目不转睛,奈何与他相见恨晚。

阎纲　2020 年元旦于礼泉

灵光一闪，我住进这座养老院

老汉今年88，北京太疲劳，国庆长假，躲回礼泉家乡探望老哥，老哥今年94。

这里叫"永康颐养中心"，也就是"永康医院"加"颐养中心"，"颐养中心"是座养老院。

老哥介绍说，"永康颐养中心"是老年公寓，陕西省的名牌，康长良董事长和郭立院长都是公众模范人物，声名远播。"永康医院"按二级标准配置，开设20多个科室；"颐养中心"按宾馆标准配置，共设养老床位278张、医疗康复床位168张。

康长良的宗旨是"帮天下儿女尽孝，让万家老人安康"。座右铭是"只有播下爱的种子，才会收获爱的果实"。康长良被评为"全国敬老爱老助老模范人物、咸阳市优秀共产党员"。

我到食堂打饭，一伙人跟我打招呼，自称是基层干部，我们交谈甚欢。我竟然夸夸其谈，大讲基层工作贵在替百姓办几件实事，事后方知，听我聒噪频频点头者竟是我心仪已久的康长良！

于心不安，送他四句二十字达我悃忱：

平头布衣装　低调自高强
大爱扶伤痛　美名三秦扬

  金秋季节，胃肠疼痛，步入"永康医院"，住院吊针吃药，数日后药到病除。医院一尘不染，宽敞明亮，步入大厅，像是走进酒店。器械全是进口的，而且同大医联网，招之即来，不会耽误黄金时刻。

  老人不用出门，每日上下午量体温、量血压，每周接受巡诊，病急，百步之遥，随时可以住院。

  医院与中心之间是百草掩映的大花园，群芳竞秀，有亭台、喷泉，月季花开得正艳。入夜，立体灯柱红红绿绿交相闪烁，清风徐来，犹如置身仙境。

  那天重阳，补一补错过的中秋，院方通知养老院和住医院60岁以上老人团团圆圆大聚餐，大门外街坊的老汉们也在欢迎之列，一千多人，说说唱唱，嘻嘻嚷嚷，表演节目，热气腾腾。郭立院长告诉我说，年年中秋都要大聚，每个老人的脸上堆满了笑容。

  每逢元旦、国庆，全院都要举办大型演出活动，老人们大多能歌善舞。

  全院范围内评选优秀员工，奖励他们到西湖等景区旅游，员工们的积极性大为提升。

后来又得悉康长良扎根本土，担任任池村党支部书记期间奋力脱贫，彻底告别无水、无电、无路的过去，开拓小康之梦的未来，予心感焉，又题辞以贺：

　　向昭陵镇任池村父老兄弟致敬
　　　　三无变三优
　　　　长良梦成真
　　　　　己亥年金秋于礼泉"颐养中心"

再说郭立院长。

郭立是康董的左右手，为创建"永康医院"和"颐养中心"栉风沐雨，筚路蓝缕。

在他们的超负荷的劳累下，中心建成备有暖气、空调、电视、卫生间等全部设施的居室，把房间有无异味作为检验服务质量铁的标准，无屋不清香。

护理员日夜值班，勤换衣被，郭立对他们管理从严，奖优罚懒，人们无不尽心。

堪可称道的是，每月19日，举办老人"祝寿日"，郭立为每一位寿星老人送蛋糕、过生日，朗诵"生日祝辞"，全场振奋，欢声笑语。

郭立举办"培训班"，为申请入党的员工提供学习心得的园地，并为每篇心得的最后加写"点评"。还为服务到家的护理员写了好多篇《剪影》，大加赞扬，那是全院的光荣榜啊！

另设有清洁廉价的食堂超市、棋牌娱乐室、书画阅览室、康复训练室，清早或下午20分钟的唱歌、拍手念佛操锻炼身体。特别是小礼堂规模的会议室，周周有活动，月月讲党课。

在养老院，不被理解，甚至蒙受委屈是常有的事，无来由的冲突偶有发生，家属闹事，骂骂咧咧，郭立人格受辱，忍辱负重，不禁泪水直下。

然而，他带头"用微笑服务一切长者"，老人们称赞说："郭院长把颐养中心当成自己的家！"

要问郭立为什么敬老如父？请读《怀念父亲，感恩深沉的父爱》，父亲53岁就走了。

现在我能做到的，就是在养老院里好好孝敬，和我朝夕相处的我现在的父亲，还有母亲。

闻之大恸，莫能复言！

康长良被评为"全国敬老爱老助老模范"，郭立被评为"陕西省百名孝亲敬老之星"。

难就难在他们是活雷锋。他们是活雷锋吗？即便雷锋的事迹和照片完全属实，他们也超越雷锋造就自己成为人欲横流时期罕见的精神楷模。

难就难在非亲非故甘愿做老人的孝子。

日前据悉,"永康颐养中心"荣获"五星级养老机构"的光荣称号。

人口老龄化危在旦夕,老年社会如何养老?养老院怎样"尽孝"?已经上升为世界性的大难题,刻不容缓。

灵光一闪,我留下不走了,于人于己无牵挂,何乐而不为?

我发现家乡能够进入国家队的作家竟有四五位之多;相当一批青年作者观察细腻,文字流畅,富于幻想;礼泉籍外地文艺家约二十余位,大多是国家级的水平,凡此种种,教我流连忘返。

历史是现实同经验的对接,文学是一个生命感动另一个生命,乡有文学,乡之幸也!

田刚、冯玉雷、李建军、邢小利、张宗涛、阎庆生、白描等专家教授闻讯赶来,见状,十分满意,问:"暖气费都缴了,你准备在这儿过大年呀?"

"岂止是过年,老汉不走了!"

入住"颐养中心","医养结合",颐养天年,只要还有一口气,就要见乡贤而思齐,情系桑梓,感恩乡亲,终老于昭陵的九嵕山下。

2019 年 12 月